光文社文庫

文庫書下ろし／長編時代小説

虎《こ》徹《てつ》入道

御刀番 左京之介(四)

藤井邦夫

光 文 社

この作品は光文社文庫のために書下ろされました。

『虎徹《こてつ》入道　御刀番《おかたなばん》　左　京之介（四）』目次

第一章　虎徹入道

一

麻布真徳山《あざぶしんとくざん》『天慶寺《てんけいじ》』の本堂は、僧侶たちの読経《どきょう》に満ち溢れていた。

駿河《するが》国汐崎《しおざき》藩の前藩主である堀田宗憲《ほったむねのり》の一周忌の法要は、現藩主である千代丸《ちよまる》を施主にして盛大に執《と》り行われていた。

幼い千代丸は、切髪して香寿院《こうじゅいん》となったお香《こう》の方と汐崎藩江戸家老梶原頼母《かじわらたのも》に介添えされて施主の座に就いていた。

参列者には、御三家水戸《みと》徳川《とくがわ》家藩主名代《みょうだい》を始めとした大名家の者たちが居並び、主だった家臣たちが連なっていた。

天慶寺住職の天光僧正《てんこうそうじよう》は、鋭い眼差しで祭壇を見据え、張りのある野太い声で朗々と経を読んでいた。

汐崎藩納戸《なんど》方御刀番の左京之介《ひだりきようのすけ》は、家臣たちの連なる末に座って瞑目《めいもく》していた。

殿……。

京之介は、前藩主堀田宗憲を思い出していた。

宗憲は、己に毒を盛った水戸徳川家を恨み、名刀数珠丸恒次《じゆずまるつねつぐ》を巡っての陰謀を企《くわだ》てた。

陰謀は、水戸徳川家を陥れるだけではなく、汐崎藩の命運にも拘《かか》わる諸刃《もろは》の剣だった。

京之介は陰謀を知り、汐崎藩を護るために宗憲を厳しく諌《いさ》めた。

宗憲は怒り狂い、泣いた。そして、己の愚かさに気付いた。

「余《よ》は腹を切る。介錯《かいしやく》をな……」

宗憲は、無念さも昂《たか》ぶりもない穏やかな微笑みを浮かべて京之介に命じた。

京之介は、切腹する宗憲の介錯をした。

正気を取り戻し宗憲は、汐崎藩前藩主として見事に切腹して果てた。

京之介と江戸家老の梶原頼母は、宗憲の死を予《かね》てからの病による死として公儀に届け、陰謀を闇の彼方に葬った。

殿……。

天光たち僧侶の読経は朗々と続き、広い本堂の天井に響き渡っていた。


宗憲の法要も無事に終わり、二日が過ぎた。

汐崎藩江戸上屋敷の御刀蔵には、所蔵されている刀剣類の微《かす》かな霊気が冷ややかに漂っていた。

微かな霊気は、京之介を心地好い〝無〟の境地に誘ってくれる。

左京之介は、微かな霊気を楽しみながら刀の手入れをしていた。

刀身に映る己の顔は、まるで刀の中に入り込んでいるかのようだった。

「左さま……」

御刀番配下の佐川真一郎《さがわしんいちろう》は、背後から静かに声を掛けて来た。

「何だ……」

京之介は背後を窺《うかが》った。

「水戸藩御刀番の神尾兵部《かみおひょうぶ》さまがお見えだそうにございます」

背後の戸口に控えていた佐川が告げた。

「神尾どのが……」

京之介は戸惑った。


汐崎藩江戸上屋敷の御刀蔵は、表御殿と奥御殿の続く処《ところ》にあった。

京之介は、廊下を抜けて御次番所脇の戸口から外に出た。そして、内塀の木戸を抜けて侍長屋の家に急いだ。


神尾兵部は、侍長屋の京之介の家で小者《こもの》の佐助《さすけ》に出された茶を飲んで待っていた。

「お待たせ致しました。神尾どの……」

京之介は、神尾兵部の前に座った。

「やあ。左どの、御無沙汰致した。宗憲さまの御法要も無事に終わられたとか、祝着《しゅうちゃく》にござる」

敵対していた京之介と神尾だが、個人的な恨み辛みがあった訳ではない。それは、水戸藩と汐崎藩の家臣としての立場の違いからの敵対でしかない。

京之介と神尾は、数珠丸恒次を巡っての争いの後、御刀番の役目を通じて親しくなっていた。

「どうぞ……」

佐助は、神尾の茶を新しいものに替えた。そして、京之介にも茶を差し出した。

「して神尾どの、わざわざお見えになった御用とは……」

「うむ。今日御伺いしたのは御役目ではありません。実は懇意にしている京橋《きょうばし》の刀剣商から面白い逸品が手に入ったと報《しら》せがありましてね。宜《よろ》しければ、これから御一緒に見に行きませんか……」

神尾は、笑顔で誘った。

「ほう。面白い逸品ですか……」

「左様《さよう》。長曾禰興里《ながそねおきさと》虎徹入道の一刀です」

「ほう。虎徹入道ですか……」

京之介は、思わず身を乗り出した。

長曾禰興里は、元は越前《えちぜん》の甲冑《かっちゅう》師であったが、五十歳の時に江戸に出て来て刀工になった。その刀は、『三《み》つ胴《どう》截断』『石灯籠《いしどうろう》切』などと斬れ味の鋭い事で名高かった。

興里は、入道して刀の銘《めい》を『古鉄』『虎徹』更に『乕徹』と改めていた。

世間には『虎徹』の銘が広まっており、その住まいは本所割下水《ほんじよわりげすい》から後に東叡山《とうえいざん》
忍岡《しのぶがおか》辺りに移ったとされていた。

「左様。虎徹入道の刀は所謂《いわゆる》新刀ですが、その斬れ味は天下一とも評されている大《おお》
業物《わざもの》。如何《いかが》ですかな……」

神尾は微笑んだ。

「わざわざのお誘い、忝《かたじけな》い。お供致します」

京之介は頷《うなず》いた。


刀剣商『真命堂《しんめいどう》』は、京橋の北、具足町《ぐそくちょう》にあった。

左京之介は、神尾兵部と共に『真命堂』の座敷に通された。

座敷の障子は、午後の陽差しを浴びて眩《まぶ》しい程に白く輝いていた。

神尾は、京之介と『真命堂』主の道悦《どうえつ》を引き合わせた。

「汐崎藩の左さまと仰いますと、あの江雪《こうせつ》左文字の……」

道悦は、老顔を穏やかに綻《ほころ》ばせた。

「はい。左一族の端に連なる者です」

京之介は頷いた。

「左様にございますか。手前は真命堂道悦にございます。以後、お見知りおきを……」

道悦は、小さな白髪髷《まげ》を結った頭を下げた。

「こちらこそ……」

京之介と道悦は、初対面の挨拶を交わした。

「さて、道悦どの……」

神尾は、道悦を促した。

「はい。これにございます。どうぞ……」

道悦は、一振りの白鞘《しらさや》の刀を差し出した。

「ならば拝見致す。お先に……」

神尾は道悦に断りをいれ、京之介に刀を先に見ると挨拶をした。

「はい。どうぞ……」

京之介は頷いた。

神尾は、刃を上に向けて鞘を持ち、棟《むね》を滑らせるようにして抜いた。

刀身は鈍色《にびいろ》に輝いた。

神尾は、目釘《めくぎ》を抜いて柄《つか》を外し、刀身に拭《ぬぐ》いを掛けて翳《かざ》した。そして、鋭い眼差しで刀身の両面を静かに眺め、茎《なかご》に刻まれた銘を一読して小さな吐息を洩らし、京之介に渡した。

「拝見致します」

京之介は、鈍色に輝く刀身を翳した。

刃長二尺四寸、鎬《しのぎ》造り、庵棟《いおりむね》、元幅一寸強、先幅七分強、反《そ》りは五分。鍛《きた》えは板目《いため》肌、刃文《はもん》は互《ぐ》の目《め》に湾《のた》れを交え、匂《におい》深く、帽子は小丸《こまる》、茎は生《う》ぶ、先は栗尻《くりじり》、鑢目《やすりめ》は勝手下がり。

京之介は、刀を眺めて造りを読んだ。

茎の表棟寄りに『住東叡山忍岡辺　長曾禰興里虎徹入道』の銘が細鏨《ほそたがね》で刻まれていた。

京之介は、刀身に拭いを掛けて柄に入れて目釘を打った。そして、白鞘に納めて道悦に戻した。

「忝のうございました」

京之介は礼を述べた。

「いいえ。で、如何でしたか……」

道悦は微笑んだ。

「虎徹入道、見事な一刀ですな……」

神尾は、吐息混じりに告げた。

「左様。私も初めて見る虎徹入道。恐ろしい程の美しさですね」

京之介は感心した。

「それはそれは。神尾さまと左さまの早速の折紙《おりがみ》、忝のうございます」

道悦は、深い皺《しわ》に眼を隠して嬉しげに笑い、手を打った。

「お邪魔致します」

女中たちが酒と肴《さかな》を持って入って来た。

「ささやかにございますが、折紙のお礼にございます」

道悦は、神尾と京之介に酌をし、自分の猪口《ちょこ》にも酒を満たした。

「ありがとうございました」

道悦は礼を述べた。

「こちらこそ眼福《がんぷく》……」

「生涯、見る事が叶《かな》わぬかと思っていましたが、礼を申すのは私の方です」

京之介は頭を下げた。

「では……」

道悦、神尾、京之介は酒を飲んだ。

「して道悦どの、この虎徹入道、既に落ち着き先が決まっているとか……」

神尾は尋ねた。

「はい。手前は刀剣商、好事家《こうずか》ではございませんので……」

道悦は笑った。

「如何《いか》にも。して、何方《どなた》がお求めかな」

「それは、さるお寺さまとだけ申し上げておきましょう」

道悦は言葉を濁した。

「ほう。お寺さまですか……」

「ならば僧侶が……」

京之介は眉をひそめた。

「はい……」

道悦は頷いた。

「左どの、数珠丸恒次は日蓮上人《にちれんしょうにん》の愛刀でした。僧侶が刀を買い求めても何の不思議もありますまい」

神尾は、京之介を見詰めて僅《わず》かに頷いた。

「成《な》る程《ほど》……」

京之介は、神尾の僅かな頷きに微かな戸惑いを覚えた。

座敷の障子は、西日に染まり始めていた。


夕暮れ時の日本橋《にほんばし》の通りは、仕事仕舞いをした職人や人足、行商人たちが家路を急ぎ始めていた。

京之介と神尾は、具足町の刀剣商『真命堂』を後にして日本橋の通りに出た。

水戸藩江戸上屋敷は小石川《こいしかわ》にあり、汐崎藩江戸上屋敷は愛宕下大名小路《あたごしただいみょうこうじ》だ。

つまり、京之介と神尾兵部は、日本橋の通りを北と南に別れる。

「神尾どの、虎徹入道を買った僧侶、誰か御存知のようですな」

京之介は、神尾の僅かな頷きをそう読んでいた。

「左どの、私が知っているのは噂だけです」

神尾は、生真面目な面持ちで告げた。

「噂……」

「左様……」

「どのような噂ですか……」

「真徳山天慶寺の天光僧正が虎徹入道を欲しがっていると……」

「真徳山天慶寺の天光……」

京之介は、思わぬ人物の名が出たのに眉をひそめた。

「如何にも……」

「天光とは、堀田家菩提寺《ぼだいじ》天慶寺住職の……」

京之介は念を押した。

「噂です」

神尾は苦笑した。

「何故、そのような噂を……」

「左どの。水戸徳川家は、一族の者たちの動きに眼を光らせております。たとえ他家の養子になったり、嫁いだ者であっても……」

神尾は、京之介を探るように見詰めた。

「神尾どの。ひょっとしたら香寿院さまですか……」

京之介は緊張した。

香寿院ことお香の方は水戸徳川家の出であり、堀田宗憲に輿入《こし》れした時から松風《まつかぜ》という老女が付いて来ていた。香寿院の動きは、おそらく老女の松風から水戸徳川家に報されているのだ。

神尾たち水戸徳川家の者は、松風を通じて香寿院の動きを監視している。

京之介は睨んだ。

「左どの、香寿院さまにお気を付けられるが宜しい。私が云えるのはそれだけです。ならば、これにて御免……」

神尾は、京之介に一礼して日本橋の通りを北に進んだ。

「神尾どの……」

京之介は、行き交う人の中を去って行く神尾に頭を下げた。

汐崎藩前藩主宗憲未亡人で千代丸の御母堂である香寿院ことお香の方は、堀田家菩提寺真徳山天慶寺住職の天光と何らかの拘《かか》わりがある。そして、天光は業物と名高い虎徹入道を手に入れようとしている。

神尾は、京之介に虎徹入道を見せたかっただけではなかった。その虎徹入道を手に入れる天光が、香寿院と何らかの拘わりがあるのを教えたかったのかもしれない。もしそうだとしたなら、神尾はそれが汐崎藩に災いをもたらすと思っている。

神尾は、それを秘かに報せてくれたのだ。

京之介は、人混みを去って行く神尾を感謝を込めて見送った。

駿河国汐崎藩江戸上屋敷は、夕餉《ゆうげ》時も過ぎて静けさに包まれていた。

若い家来たちの笑い声が、侍長屋の何処《どこ》かから響いていた。

燭台《しょくだい》の火は微かに揺れた。

「香寿院さまですか……」

佐助は戸惑った。

「うむ。何か聞いていないか……」

京之介は、普段から小者の佐助に家中の噂を聞き集めるように命じていた。

「香寿院さまは、前《さき》のお殿さまがお亡くなりになって以来、毎朝御霊屋《みたま》に拝礼されてお殿さまの菩提をお弔《とむら》いになられていると……」

佐助は告げた。

「うむ。それは私も聞いている。して、お出掛けになられる事はないのか……」

「お出掛けは、時々堀田家菩提寺の天慶寺に御参りに行かれるぐらいだと聞いております」

「天慶寺か……」

それは、誰が見ても亡き夫の菩提を弔う後家の姿でしかない。しかし、香寿院は天慶寺住職の天光とその時に逢っているのだ。

見定めるしかない……。

京之介は決めた。

「佐助、楓《かえで》に繋《つな》ぎを取ってくれ」

「心得ました」

「それから、明日から香寿院さまに拘わる事と噂、出来る限り集めるのだ」

京之介は命じた。

見定めた時、汐崎藩に不穏な事が起きるのか……。

京之介は、微かな不安を感じた。

燭台の火は瞬《またた》いた。


香寿院は、汐崎藩江戸上屋敷の奥御殿の離れ家で老女の松風や数人の腰元と暮らしていた。

京之介は、奥御殿と香寿院の様子を窺った。

大名屋敷は表御殿が政務を司《つかさど》り、奥御殿は藩主一族の住まいとされている。

汐崎藩江戸上屋敷の奥御殿には、千代丸と香寿院たち藩主の一族が暮らしていた。

千代丸は未だ幼く、奥御殿には実母である香寿院の意向が強く反映していた。そして、奥御殿は広敷用人《ひろしきようにん》の高岡主水《たかおかもんど》が取り締まっていた。

京之介は、広敷用人の高岡主水の人となりを探った。
高岡主水は、謹厳実直《きんげんじつちょく》で忠義心の強い五十歳程の男であり、香寿院の信任が厚かった。
奥御殿は、何事も香寿院と広敷用人の高岡主水によって運ばれている。
京之介は知った。
何《いず》れにしろ暫《しばら》く様子を見るしかない……。
京之介は、汐崎藩江戸上屋敷を出て飯倉神明宮《いいぐらしんめいぐう》に向かった。
飯倉神明宮は三縁山増上寺《さんえんざんぞうじょうじ》の前にあり、参詣客で賑《にぎ》わっていた。
京之介は、飯倉神明宮門前の茶店の縁台に腰掛け、店主に茶を注文した。
「私にもお茶を頼みますよ」
町方の女が店主に頼み、京之介の隣に腰掛けた。
裏柳生《うらやぎゅう》忍びの抜け忍の楓だった。
おそらく、京之介が江戸上屋敷を出た時から尾行《つけ》て来たのだ。
「すまぬな……」

京之介は、急な呼び出しを詫《わ》びた。

「いいえ……」

楓は微笑んだ。

京之介は、運ばれて来た茶を飲みながら香寿院の見張りを頼んだ。

「香寿院さまの見張り……」

楓は、浮かぶ戸惑いを隠すかのように茶を飲んだ。

「左様……」

「話していただけますか……」

「うむ……」

京之介は、世間話でもするかのような口振りで事の次第を語った。

「香寿院さまと天慶寺住職の天光……」

楓は、厳しさを滲ませた。

「汐崎藩に災いをもたらすやもしれぬ」

京之介は眉をひそめた。

「分かりました。引き受けますよ」

楓は頷いた。

「頼む。だが、裏に何が潜んでいるのか分からぬ。釈迦に説法だが、くれぐれも無理は禁物」

京之介は、小さな笑みを浮かべた。

「心得ておりますよ」

楓は苦笑した。

飯倉神明宮の賑わいは続いた。


汐崎藩江戸上屋敷に戻った京之介は、佐助から江戸家老の梶原頼母が呼んでいるのを報された。

京之介は、江戸家老梶原頼母の用部屋に向かった。

梶原頼母は、水戸徳川家による汐崎藩支配を巡っての闘いの時、一度江戸家老を辞した。だが、いろいろあって江戸家老に復帰した。

梶原は、京之介を厳しい面持《おもも》ちで迎えた。

「御用ですか……」

京之介は、梶原と向かい合った。

「うむ。左、長曾禰興里虎徹入道と申す刀はどのようなものなのだ」

梶原は、意外にも虎徹入道について訊いてきた。

「虎徹入道ですか……」

京之介は眉をひそめた。

二

「左様。虎徹入道、名刀だと聞くが、まことか……」

梶原は身を乗り出した。

「はい。長曾禰興里虎徹入道は大業物として名高い刀にございます」

京之介は、梶原の意外な質問に微かな戸惑いを覚えた。

「ならば名刀だな」

梶原は、感心したように頷いた。

「はい……」

「して虎徹入道、我が藩の御刀蔵にあるのか」

「いいえ。虎徹入道、我が藩の御刀蔵にはございません」

「ない……」

「はい」

京之介は頷いた。

「そうか、ないのか……」

梶原は肩を落とした。

「梶原さま、虎徹入道が何か……」

京之介は、梶原を見詰めた。

「左、高岡主水がな……」

「高岡主水……」

京之介は戸惑った。

「左様……」

「広敷用人の高岡主水さまですか……」

京之介は、虎徹入道に続いて高岡主水の名が出たのに困惑した。

「決まっている。その高岡が我が藩に虎徹入道はあるかと尋ねて参った」

「高岡さまが何故《なにゆえ》に……」

「うむ。儂《わし》も気になって訊いたのだが、理由は申さず、ただただ虎徹入道は我が藩にあるのかと訊くだけでな」

「理由は申されないのですか……」

京之介は眉をひそめた。

「うむ。して左、虎徹入道、大業物の名刀ならば、値はかなりのものだろうな」

「はい。二百両は下らぬかと……」

「二百両、それ程のものか……」

梶原は驚き、感心した。

「梶原さま、高岡さまは広敷用人。まさか香寿院さまと拘わりがあるのでは……」

京之介は、秘かに睨《にら》んだ。

「香寿院さまと……」

梶原は、老顔に戸惑いを浮かべた。

「はい……」

「それはあるまい……」

梶原は苦笑した。

苦笑は、香寿院に何の疑念も抱いていない証《あかし》だった。

「そうですか。それなら宜しいのですが……」

京之介は引き下がった。

「ところで梶原さま。聞くところによれば、香寿院さま、宗憲さまの菩提を熱心に御供養されているとか……」

「うむ。生前の宗憲さまとの仲を思えば、信じられぬ」

梶原は、老顔を緩《ゆる》ませて嬉しげに頷いた。

「まことに……」

京之介は苦笑した。

江戸家老の梶原頼母は、徳川将軍家に仇《あだ》なす妖刀村正《むらまさ》争奪、来国俊《らいくにとし》の名刀を持った御落胤《ごらくいん》を巡っての水戸徳川家との暗闘、数珠丸恒次に拘わる宗憲の陰謀などから懸命に汐崎藩を護って来た。

京之介は、そうした梶原に老いを感じずにはいられなかった。

天井裏には、僅かな隙間から差し込んだ光が、梁《はり》や天井板に溜って漂う埃《ほこり》を渦《うず》巻かせていた。

忍び装束に身を包んだ楓は、汐崎藩江戸上屋敷の奥御殿の天井裏に忍び、香寿院の暮らす離れ家に進んだ。

天井裏に積もった埃には、鼠《ねずみ》の足跡が僅かに続き、柱の蜘蛛《くも》の巣には虫の死骸が絡まっていた。

誰かが忍び込んだ痕はない……。

楓は見定めた。

奥御殿の東南……。

楓は、京之介に聞いた奥御殿の天井裏を東南に進み、埃の積もった天井板の下を窺った。

静寂が続き、やがて人の話し声が浮かびあがってきた。

楓は、話し声の浮かびあがった処に進んだ。

話し声は男と女のものだった。

楓は、話し声のする座敷の天井裏の梁に忍び、天井板を僅かにずらして見下ろした。

「百両だ。高岡、百両、出せぬと申すか……」

切髪の中年女が苛立《いらだ》っていた。

香寿院……。

楓は、苛立つ中年女を香寿院だと見定めた。

「いえ。堀田家菩提寺天慶寺への御布施《おふせ》、決して惜しむものではございませぬ。ですが、既に多くの金子《きんす》を……」

高岡と呼ばれた初老の武士は、香寿院を懸命に説得しようとしていた。

「下がれ……」

香寿院の苛立った声が遮《さえぎ》った。

「えっ……」

高岡は言葉を失った。

「もう良い、高岡。早々に下がれ」

香寿院は云い放った。

「ははっ。ならば、これにて御免仕《ごめんつかまつ》ります」

高岡は、吐息混じりの挨拶をして座敷から出て行った。

「もう……」

香寿院は、苛立ちを募らせた。

「落ち着き下され、香寿院さま……」

打掛けを纏った老女が、銚子《ちょうし》と盃を持って来て香寿院を諫めた。

「しかしな、松風……」

「気の利《き》かぬ者と罵《ののし》るのは容易にございますが、相手は何と申しても広敷用人。侮《あなど》りは禁物ですぞ」

松風と呼ばれた老女は、香寿院を諫《いさ》めながら銚子を差し出した。

「分かっておる……」

香寿院は、不服げな面持ちで盃に酒を受けて飲んだ。

「さあて、百両の金子、どうしたものか……」

香寿院は、眉をひそめて酒を飲み続けた。

楓は、僅かにずらした天井板を元に戻した。

香寿院……。

広敷用人の高岡……。

老女の松風……。

楓は見届けた。そして、香寿院を引き続いて見張る態勢を整え始めた。


御刀蔵に高岡主水が訪れた。

「これは高岡さま……」

高岡は虎徹入道について聞きに来た……。

京之介は睨んだ。

「うむ。聞きたい事があってお邪魔したのだが、良いかな」

「はい、どうぞ……」

京之介は、高岡に茶を持ってくるように配下の佐川真一郎に命じた。

「して高岡さま、何か……」

「此処《ここ》に虎徹入道と申す刀はあるのかな……」

高岡は、御刀蔵に納められている刀を見廻した。

睨み通りだ……。

京之介は、秘かに苦笑した。

「いいえ。虎徹入道はございません」

「ない……」

「はい」

京之介は、高岡を見据えて頷いた。

「そうか。ないか……」

「高岡さま、虎徹入道が如何致しましたかな」

「うむ。実はな左、虎徹入道を秘かに売りに出している刀剣商があってな。我が藩で購《あがな》わぬか」

高岡は、声を潜めた。

虎徹入道を売りに出している刀剣商は、京橋の『真命堂』道悦……。

京之介は気付いた。

「高岡さま、虎徹入道は希代《きたい》の大業物。なまじの金子では購えませぬぞ」

京之介は、高岡の腹を読もうとした。

「う、うむ。そうか、無理か……」

「はい……」

京之介は、高岡主水を見据えて頷いた。

「左、造作《ぞうさ》を掛けたな」

高岡は、疲れたように肩を落として座を立とうとした。

「高岡さま、虎徹入道の一件、御広敷用人の御役目に拘わりがあるのですか……」

京之介は斬り込んだ。

「いや、違う。御役目には拘わりない。私がふと思った迄の事だ」

高岡は狼狽《ろうばい》した。

京之介は見逃さなかった。

「忙しいところ、造作を掛けたな。左、この一件、忘れてくれ。ではな……」

高岡は、狼狽を隠すように慌ただしく御刀蔵から出て行った。

京之介は、厳しい面持ちで見送った。

天慶寺住職の天光……。

広敷用人の高岡主水の背後には香寿院がおり、香寿院の背後には天慶寺住職の天光が潜んでいるかもしれないのだ。

何れにしろ放ってはおけぬ……。

京之介は、天光に対して微かな怒りを覚えた。


麻布真徳山『天慶寺』は、古川《ふるかわ》沿いの道を遡《さかのぼ》って一本松坂を進み、陸奥国盛岡《むつもりおか》藩江戸下屋敷の南にあった。

京之介は、佐助を伴って麻布真徳山『天慶寺』を訪れた。

真徳山天慶寺には宿坊が続き、巨大な中門を入ると広い境内になる。広い境内には本堂を中心に方丈《ほうじよう》、阿弥陀《あみだ》堂、開山《かいさん》堂、鐘楼《しようろう》、宝蔵院などがあり、参詣人がゆったりと行き交っていた。

京之介と佐助は、天慶寺の境内を見物でもするかのように見て歩いた。

不審な処はない……。

京之介と佐助は、門前の茶店に落ち着いて茶を飲んだ。

「取り立てて変わった処はないが……」

京之介は、天慶寺の様子を一応そう判断した。だが、それは外から見た判断でしかなく、内部はそうとは限らない。

「はい。庫裏《くり》の様子、ちょいと覗いて来ますか……」

佐助は告げた。

「怪しまれずに出来るか……」

「知り合いが下男をしている筈《はず》でしてね。いるかどうかちょいと訊いて来ます」

佐助は小さく笑った。

「上手い手だな。だが、決して無理はするな」

嘘も方便……。

京之介は、佐助が偽りを云って庫裏の様子を窺ってくるのを許した。

「そいつはもう。相手はこれだけの寺。仏さまもいりゃあ、鬼も蛇《じゃ》もいるでしょうからね」

「成る程、鬼か……」

京之介の眼が微かに輝いた。

「お任せを、じゃあ……」

佐助は頷き、茶を飲み干して天慶寺の境内に戻って行った。

「鬼か……」

京之介は、厳しい面持ちで佐助を見送った。


天慶寺の庫裏では、若い坊主や下男たちが忙しく働いていた。

「定吉《さだきち》……」

中年の下男は眉をひそめた。

「はい。こちらに奉公していると聞いて来たのですが……」

佐助は、居もしない知り合いの名を云って庫裏の奥を覗き込んだ。

「此処にはいないよ。定吉って奴は……」

「いない……」

佐助は、驚いてみせた。

「ああ……」

「あの。谷中《やなか》生まれの定吉ですが……」

「谷中生まれの定吉ねえ」

中年の下男は眉をひそめた。

「はい。おっ母《か》さんの病が酷《ひど》くなって、それで報せに来たんですが……」

佐助は、困り果てた。

「そいつは大変だ。天慶寺の下男といっても庫裏の他や宿坊にもいるからな……」

「あの、ちょいと捜してみても宜しいでしょうか……」

佐助は、天慶寺の各所を歩いて様子を探ろうと考えた。

「よし、ちょいと待ってな。差配《さはい》のお坊さまのお許しを貰って来てやるから……」

「御造作をお掛けします」

中年の下男は、戸口に佐助を残して庫裏の奥に入って行った。

佐助は、庫裏の様子を窺った。

若い坊主と下男たちは、お喋《しやべ》りもせずに仕事に励んでいた。それは天慶寺の寺風の厳しさを感じさせるものだった。

佐助は、中年の下男の戻るのを待った。

「やあ。待たせたね」

中年の下男が戻って来た。

「如何でしょうか……」

「駄目だった」

「駄目……」

「うん。差配のお坊さまが下男頭を呼び、定吉って下男がいないのを確かめてね。だから、捜す必要はないと仰って、お許しは貰えなかったよ」

中年の下男は、申し訳なさそうに告げた。

「そうですか……」

思った以上に厳しい……。

佐助は、天慶寺の厳しさに微かな違和感を覚えた。

これ迄だ……。

佐助は、引き時を知った。


京之介は、茶のお代わりをして佐助の戻るのを待っていた。

天慶寺の境内からは、参拝の終わった人々が帰って行く。

羽織袴の武士と半纏《はんてん》を着た男が天慶寺から現れ、物陰に佇《たたず》んで境内を窺った。

何をしている……。

京之介は気になった。
羽織袴の武士と半纏を着た男は、境内を覗き込んでいる。
誰かが出て来るのを待っている……。
京之介は睨んだ。
ひょっとしたら……。
京之介の勘が囁《ささや》いた。
羽織袴の武士と半纏を着た男は、境内から出て来る誰かを待ち続けた。
京之介は、塗笠を被《かぶ》って茶店を出た。

天慶寺から出て来た佐助は、門前の茶店に京之介がいないのに気が付いた。
何かあった……。
佐助は読んだ。
鬼が出たのかもしれない……。
佐助は、己の周囲を油断なく窺った。
羽織袴の武士と半纏を着た男が、背後から見詰めているのを知った。

鬼だ……。

佐助は見定めた。

おそらく京之介は、鬼が現れたのに気付き、出方を窺うために姿を隠したのだ。

佐助は読み、落ち着いた足取りで進んだ。

羽織袴の武士と半纏を着た男は、境内から出て来た佐助の後を尾行《つけ》始めた。

睨み通りだ……。

京之介は、木陰で見届けた。

羽織袴の武士と半纏を着た男が天慶寺に拘わりがあるなら、佐助の探りに不審を抱いた者がいるという事になる。そして、そのような鋭い者がいる天慶寺は只《ただ》の寺ではないといえる。

佐助は、天慶寺から鬼か蛇を引っ張り出した。

京之介は塗笠を目深《まぶか》に被り、佐助を尾行る羽織袴の武士と半纏を着た男を追った。

佐助は、真徳山天慶寺を出て盛岡藩江戸下屋敷脇の道に向かった。

汐崎藩に拘わる者だと知られてはならない。
佐助は、帰る道筋を思い浮かべた。
羽織袴の武士と半纏を着た男は、佐助を慎重に尾行た。
京之介は追った。
盛岡藩江戸下屋敷脇から一本松坂、そして古川沿いの道に出た。
佐助は、古川に架かっている一《いち》ノ橋《はし》を渡らず飯倉新町に進んだ。
飯倉新町の傍《そば》には馬場がある。
佐助は、馬場に向かった。

佐助は、羽織袴の武士と半纏を着た男を馬場に誘い込もうとしている。
京之介は読んだ。
片付ける潮時……。
京之介は、佐助の腹の内を読み、苦笑しながら足取りを速めた。
広い馬場に人はいなかった。

佐助は、馬場に入るなり休息所の屋根に身軽に跳んで伏せた。

羽織袴の武士と半纏を着た男は、馬場に佐助の姿が見えないのに狼狽《うろた》えた。

「柴田《しばた》さま……」

「捜せ、富吉《とみきち》……」

羽織袴の武士と半纏を着た男は、人気《ひとけ》のない広い馬場を見廻して佐助の姿を捜した。

羽織袴の武士の名は柴田、半纏を着た男は富吉……。

佐助は、休息所の屋根に伏せて二人の名を知った。

京之介は、塗笠を目深《まぶか》に被って馬場に入って来た。

柴田と富吉は、緊張と戸惑いを過《よ》ぎらせた。

「天慶寺の寺侍か……」

京之介は、柴田と富吉を見据えた。

「おぬし、何者だ」

柴田は、刀の柄を握って身構えた。

「何故、若い男の後を追う」

柴田は、京之介の問いを無視した。

「おのれ……」

柴田は、京之介が天慶寺を探りに来た若い男の仲間と気付き、猛然と斬り込んだ。

京之介は、柴田の斬り込みを躱《かわ》し、鋭く踏み込んで霞《かすみ》左文字を抜き打ちに放った。

柴田の肩が斬られ、血が飛んだ。

「柴田の旦那……」

富吉は驚き、思わず叫んだ。

「柴田か。話を聞かせて貰う」

京之介は、肩から血を流して立ち竦《すく》む柴田に冷たく告げた。

柴田は、衝《つ》き上げる恐怖を振り払うように京之介に突きかかった。

京之介は、霞左文字を一閃《いっせん》した。

甲高《かんだか》い音が響き、柴田の刀が弾き飛ばされ、地面に突き刺さって揺れた。

柴田は、震える手で脇差《わきざし》を抜いた。

「柴田、これ以上、無駄な真似はするな」

京之介は冷笑を浴びせた。

刹那《せつな》、柴田は脇差で己の首の血脈《けつみやく》を斬った。

血が噴《ふ》き出した。

京之介は跳び退《の》いた。

柴田は、首から血を振り撒《ま》いてゆっくりと倒れ、絶命した。

責め苦を恐れて死を選ぶか……。

京之介は、余りにも呆気《あつけ》なく自裁した柴田に呆《あき》れ、腹立たしさを覚えた。そして、腹立たしさは、真徳山天慶寺に及んだ。

天慶寺には、世間に知られては困る秘密があるのか……。

京之介は推し測った。

富吉は、不意に身を翻《ひるがえ》して逃げた。

「富吉……」

佐助は叫び、休息所の屋根を蹴って富吉に飛び掛かった。

富吉は、佐助と縺《もつ》れ合って倒れた。

佐助は、富吉を捕まえようと殴った。

「放せ……」

富吉は、匕首《あいくち》を抜いて抗《あらが》った。

「野郎……」

佐助は、懐《ふところ》から出した萬力鎖《まんりきぐさり》を唸《うな》らせた。

萬力鎖は、二尺程の長さの鎖の両端に分銅《ふんどう》を付けた捕物道具だ。

佐助は、萬力鎖を廻して富吉に迫った。

萬力鎖の分銅に打ちのめされれば一溜《ひとたま》りもない。

富吉は逃げた。

佐助は、すかさず萬力鎖を放った。

萬力鎖は、回転しながら飛んで富吉の足に絡み付いた。

富吉は、萬力鎖に足を取られて倒れた。

佐助は、匕首を奪い取って殴り飛ばした。

富吉は観念した。

「富吉、柴田は誰に命じられて動いていた」

京之介は、富吉に尋ねた。

「べ、別当《べっとう》の竜全《りゅうぜん》さま……」

富吉は、悔しげに顔を歪めた。

「別当の竜全……」

〝別当〟とは、大きな寺院の寺務を統轄する者の役職名だ。

京之介は、鋭い睨みを見せた者が別当の竜全だと知った。

「竜全とは、どのような坊主だ……」

「も、元は侍だと聞いています」

「元は侍……」

真徳山天慶寺の別当の竜全は、元は武士の坊主なのだ。

京之介は、真徳山天慶寺に深い興味を抱いた。

三

汐崎藩の者だと気付かれていない……。

京之介は、佐助と己の素性《すじょう》が割れていないのを見定めた。そして、佐助を伴い、柴田の死体と富吉を残して馬場を後にした。

天慶寺別当の竜全は、柴田の死を知ってどう出るかは分からない。

待つしかない……。

京之介は、別当の竜全の出方を待つ事にした。


香寿院一行は、愛宕下の汐崎藩江戸上屋敷を出て麻布真徳山天慶寺に向かった。

一行は香寿院を乗せた駕籠《かご》を中心にし、腰元たちと御広敷からの添番《そえばん》や小人《こびと》などで組まれていた。

楓は、真徳山天慶寺に行く香寿院一行を追った。

愛宕下から麻布までの道中に異変はない。

香寿院一行は、何事もなく無事に天慶寺に着いた。

真徳山天慶寺では、住職の天光僧正と別当の竜全たちが香寿院を出迎えた。

楓は見守った。

「楓……」

塗笠を目深に被った京之介が現れた。

「一番前にいるのが住職の天光だ……」

京之介は、香寿院を出迎える整った顔の若い僧侶を示した。

「後ろにいる眼付きの鋭いのは……」

楓は、天光の背後にいる体格の良い中年の僧侶を示した。

「おそらく別当の竜全……」

京之介は睨んだ。

「別当の竜全……」

「元は武士だそうだ」

「焦臭《きなくさ》いな……」

楓は眉をひそめた。

「うむ……」

京之介は頷いた。

天光と竜全たちは、香寿院を誘《いざな》って方丈に入って行った。

「じゃあ……」

楓は、京之介を残して阿弥陀堂に向かって立ち去った。
おそらく忍びの者に形《なり》を変え、方丈に忍び込むのだ。
京之介は見送った。

奥の院の座敷には、線香の紫煙が揺れて漂っていた。
座敷の祭壇には宗憲の位牌が祀《まつ》られ、天光の読む経が朗々と響いていた。
香寿院は、天光の背後で瞑目して手を合わせていた。
天光の経は響き渡った。
眼を瞑《つむ》っている香寿院の顔には、恍惚《こうこつ》とした酔いが浮かび始めた。

楓は、奥の院の天井裏に忍んで経を読む天光と香寿院を見守った。
天光の経は続き、手を合わせている香寿院の身体はゆっくりと揺れ始めた。
酔っているのか……。
楓は戸惑った。
香寿院は、天光の経に合わせるかのように身体を揺らしているのだ。

楓は眉をひそめた。

天光の経は朗々と響き、香寿院は揺れた。

経に酔っている……。

楓は、香寿院が天光の読む経に酔っているのに気が付いた。

天光の経は続いた。

香寿院は経に酔い、恍惚とした面持ちで揺れて吐息を洩らした。

天光の経が盛り上がり、終わった。

香寿院は、息を荒く鳴らして突っ伏し、身体を痙攣《けいれん》させた。

楓は見守った。


「香寿院さま……」

天光は振り返り、突っ伏している香寿院の肩を揺らした。

「天光さま……」

香寿院は、顔をあげて濡れた眼で天光を見あげた。

「さあ、こちらでお休みになられると宜しい」

天光は微笑み、香寿院に囁いた。

「はい……」

香寿院は、声を上擦《うわず》らせて頷いた。

天光は、香寿院を抱きかかえて次の間に入って行った。

楓は、次の間の天井裏に移動した。そして、天井板をずらし、次の間を見下ろした。

次の間では、衣を脱いだ天光が半裸の香寿院を抱いていた。

香寿院は喘《あえ》ぎ、豊満な身体を薄い汗で光らせていた。

楓は苦笑した。

「香寿院さま、虎徹入道は如何なりましたか」

天光は囁いた。

「もう少し、もう少し、お待ち下され……」

香寿院は、喘ぎながら頼んだ。

香寿院が天慶寺の方丈に入って一刻《いっとき》（二時間）が過ぎた。

京之介は、門前の茶店で香寿院一行が出て来るのを待った。

「お茶、お願いしますよ」

楓が茶店の亭主に茶を頼み、京之介の隣に腰掛けた。

「どうだった」

「睨み通りですよ」

楓は、不愉快そうに吐き棄てた。

京之介は、楓の言葉の意味に気付いた。

「そうか。やはりな……」

京之介は、己の睨み通りだった事に頷きながらも香寿院に怒りを覚えた。

御後室《ごこうしつ》となって一年、宗憲の一周忌が終わったばかりなのだ。

「あれは昨日今日の拘わりじゃありませんよ」

楓は、蔑《さげす》むような面持ちで運ばれた茶を飲んだ。

「うむ……」

おそらく、楓の睨みは間違っていない……。

京之介は、香寿院が以前から天光と情を通じていると知った。

「それから生臭坊主、香寿院さまに虎徹入道をねだっていましたよ」

楓は、蔑みを滲《にじ》ませた。

「虎徹入道か……」

「ええ……」

「それで香寿院さまは……」

「もう少し待ってくれと……」

「そうか……」

天光は、名刀の長曾禰興里虎徹入道を香寿院に購わせようとしている。そして、香寿院は情人のために藩の金で購おうとしているのだ。

京之介は読んだ。

「大変ですねえ。千代丸さまも家中の方々も、あんな御母堂さまがいちゃあ」

楓は、香寿院に呆れ、千代丸や京之介たち家臣に同情した。

千代丸は未だ八歳であり、実母である香寿院の影響は大きい。

香寿院をこのままにしておくのは、千代丸にとって決して良い事ではない。

護る……。

千代丸を香寿院から護らなければならない。

母親から子を護る……。

京之介は、一抹の淋しさと虚しさを感じ、千代丸を哀れまずにいられなかった。

四半刻《しはんとき》（三十分）が過ぎた。

駕籠が二人の寺侍を従え、天慶寺から出て来た。

「誰ですかね……」

楓は眉をひそめた。

「うむ。寺侍を供に、駕籠に乗って出掛ける者となると……」

京之介は、駕籠に乗っている者が何者か読んだ。

「生臭坊主じゃありませんね」

楓は読んだ。

天慶寺で身分の高い者だとすれば住職の天光だが、香寿院が帰る前に外出するとは考え難い。

「となると、別当の竜全か……」

京之介は、駕籠に乗っている者を別当の竜全だと読んだ。

「きっと……」

楓は、京之介の読みに頷いた。

竜全の乗った駕籠は、一本松坂の方に向かって行った。

何処に行く……。

京之介は、竜全の行く先を知りたくなった。

「追ってみる。香寿院さまを頼む」

「承知……」

楓は頷いた。

京之介は、香寿院の尾行と見張りを楓に頼んで竜全を追った。

京橋には多くの人が行き交っていた。

竜全の駕籠は、二人の寺侍を従えて京橋を北詰《きたづめ》に渡った。そして、具足町に入った。

具足町には、刀剣商『真命堂』がある。

『真命堂』主の道悦は、天慶寺住職の天光の欲しがっている長曾禰興里虎徹入道を持っている。

駕籠は『真命堂』の店先で止まり、別当の竜全が降り立った。

睨み通り別当の竜全……。

竜全は、虎徹入道の事で『真命堂』道悦に逢いに来たのだ。

京之介は読んだ。

半刻《はんとき》（一時間）が過ぎた。

竜全は、刀剣商『真命堂』から帰った。

京之介は、『真命堂』主の道悦を訪れた。

道悦は、京之介を座敷に通した。

「急な訪問、お許し下さい」

京之介は詫びた。

「いいえ。左さまは汐崎藩御刀番といえども、刀工左一族の御方。いつでも歓迎いたします」

道悦は、親しげに微笑んだ。

「忝い……」

京之介は頭を下げた。

「で、御用は……」

「それなのですが、長曾禰興里虎徹入道、如何なりましたかな」

「ああ。虎徹入道ですか……」

「はい。何処かの寺が既に……」

「それが左さま、どうにも値が折り合いませんでしてね」

道悦は苦笑した。

「ほう。値が折り合わないのですか……」

「手前どもは三百、あちらさまは二百。先程もお使いの方がもう暫く待ってくれと、お見えになりましてね」

竜全は、虎徹入道を他の者に売らずに待ってくれと頼みに来たのだ。

「待つ事にしましたか……」

「はい。私も売り急ぐ理由がございませんので……」

道悦は笑った。

「そうですか……」

「左さま、虎徹入道が如何しましたか……」

「道悦どの、要らざる差し出口かもしれませぬが、くれぐれも相手の出方に気を付けて下さい」

京之介は、虎徹入道が手に入らないのに苛立った天光が何をするか恐れた。

「相手の出方……」

道悦は眉をひそめた。

「虎徹入道欲しさに何をしでかすか……」

京之介は、道悦を見据えて告げた。

「ですが左さま、相手はお寺さま、そのような馬鹿な真似は……」

道悦は、老顔に厳しさを滲ませた。

「道悦どの、名刀は時として人を血迷わせ、仏を鬼にも変えます」

京之介は告げた。

日が暮れた。

汐崎藩江戸上屋敷では佐助が待っていた。

「御家老が……」

「はい。戻り次第、急ぎ用部屋に参れとの仰せです」

江戸家老の梶原頼母は、京之介の帰りを待ち兼ねていた。

「どんな様子だった」

京之介は、梶原の苛立った老顔を思い浮かべた。

「困っているというか、かなり苛立っておいでのようでした」

佐助は眉をひそめた。

「やはりな。して、香寿院さまは……」

「お戻りになられております」

香寿院は、天慶寺から戻って来ていた。

楓は、その動きを見張っている筈だ。

「よし……」

京之介は苦笑を浮かべ、梶原の待っている用部屋に向かった。

「おお、漸《ようや》く来たか……」

梶原頼母は、苛立たしげに京之介を迎えた。

「御用とは……」

京之介は、梶原を見詰めた。

「左、長曾禰興里虎徹入道と申す刀、我が汐崎藩として購う訳には参らぬか……」

梶原は告げた。

「梶原さま……」

京之介は、梶原に微かな蔑みを覚えた。

「うむ。先程、御広敷用人の高岡主水が参ってな。虎徹入道を藩として購えぬかと申して来たのだ」

広敷用人の高岡主水は、江戸家老の梶原頼母に泣き付いて来たのだ。勿論、香寿院に虎徹入道を買えと執拗《しつよう》に迫られての事だ。

京之介は、高岡主水を秘かに哀れんだ。

「何故、藩として購うのですか。この左京之介、汐崎藩御刀番として、虎徹入道を購う必要はないと存じます」

京之介は、真っ向から反対した。

「左、香寿院さまは虎徹入道を亡き宗憲さま御供養《くよう》のため、天慶寺に御寄進《きしん》したいと強く申され、高岡を厳しく叱責《しっせき》してな。最早どうしようもないのだ」

梶原は、京之介に高岡の窮状を告げた。

「香寿院さまが御寄進……」

宗憲供養のために寄進された虎徹入道は、天光のものとなるのだ。

「左様……」

梶原は頷いた。

「なりませぬぞ、梶原さま……」

京之介は怒りを覚えた。

「左……」

梶原は、老顔を震わせた。

「汐崎藩御刀番左京之介、如何《いか》に香寿院さまのお言葉でも、我が藩が長曾禰興里虎徹入道を購うのは決して同意出来ませぬ」

京之介は云い放った。


翌朝、御刀蔵に梶原と広敷用人の高岡主水が訪れた。

京之介は迎えた。

「左、梶原さまに伺ったが、虎徹入道、どうしても購えぬと申すか……」

広敷用人の高岡主水は、疲れ果てた顔を歪《ゆが》ませた。

「はい……」

京之介は頷いた。

「何故だ」

「高岡さま、虎徹入道、まこと宗憲さま御供養のための寄進ですかな」

京之介は、高岡を厳しく見据えた。

「如何にも。他に何があると申すのだ」

高岡は僅かに狼狽えた。

「菩提寺天慶寺住職天光を喜ばすため……」

京之介は、高岡を見据えたまま云い放った。

「なに……」

「違いますか……」

京之介は問い質《ただ》した。

「無礼であろう、左……」

高岡は、怒りを露《あらわ》にした。

「落ち着け高岡……」

梶原は、高岡を制した。

「は、はい……」

高岡は、乱れた息を整えた。

「ならば高岡さま。それ程、拘《こだわ》られる長曾禰興里虎徹入道が何処にあり、その値は如何ほどか御存知でしょうな」

京之介は尋ねた。

「そ、それは……」

高岡は云い澱《よど》んだ。

「高岡さま、私も汐崎藩御刀番、藩のためになるのなら虎徹入道、何としてでも手に入れましょう。ですが、此度《こたび》ばかりは藩のためになるとは思えませぬ。どうか、御再考願います」

京之介は、高岡に頭を下げた。

「分かった。邪魔したな、左……」

高岡は、悄然《しょうぜん》とした面持ちで御刀蔵から出て行った。

京之介は見送った。

「左、おぬし、虎徹入道が何処にあり、その値が幾らか知っているのか……」

梶原は眉をひそめた。

「私は御刀番、勿論《もちろん》です」

「そうか……」

「そして、天慶寺住職の天光が欲しがっている事実も……」

「ならば、宗憲さま御供養のための寄進とは……」

「勿論、天光が香寿院さまを謀《たばか》っての事……」

京之介は、不敵な笑みを浮かべた。

四

「天光さまを喜ばせるためだと……」

香寿院は、眉を引き攣《つ》らせて逆立てた。

「はい……」

高岡は平伏した。

「高岡、御刀番の左がそう申したのか……」

「左様にございます。そして、長曾禰興里虎徹入道を購うは、我が汐崎藩のためにならぬと申しております」

「おのれ、左京之介……」

香寿院は怒りに震えた。

「香寿院さま……」

老女の松風は、嗄《しやが》れ声で香寿院を諌めて目配せをした。

松風の目配せは、高岡を下がらせろという合図だった。

「う、うむ。もう良い、高岡。下がれ」

香寿院は命じた。

「ははっ……」

高岡は、離れ家の香寿院の居間から下がって行った。

「松風、何か手立てがあるのか……」

「香寿院さま、虎徹入道を御寄進するのに反対をしているのは、御刀番の左京之介ただ一人。最早《もはや》、左を秘かに始末するしかありますまい」

「秘かに始末する……」

香寿院は眉をひそめた。

「左様……」

松風は頷いた。

「松風……」

香寿院は、松風の言葉の意味に気付いて狼狽えた。

「この松風にお任せを……」

松風は、不気味な笑みを浮かべた。

霞左文字は美しく輝いた。
長さは二尺三寸、身幅は一寸半のやや広め、僅かな反りで刃文は直刃《すぐは》調に小乱れ……。
京之介は、沸《にえ》が美しく冴え渡っている霞左文字の刀身を見詰めた。
まさに左文字の一刀……。
京之介は、己と共に様々な修羅場《しゅらば》を斬り抜けて来た霞左文字の美しさに見惚《みと》れた。
御刀蔵の戸口に人の気配が過ぎった。
京之介は、御刀蔵の戸口を窺った。
配下の佐川真一郎は、研師《とぎし》の許《もと》に使いに行っている。
誰だ……。
京之介は、霞左文字を構えた。
「私だ……」
楓が現れた。
「何かあったか……」

楓が御刀蔵に現れたのは、香寿院に何かあったからなのだ。

「刺客が放たれる」

「刺客、誰が誰に放つ……」

「香寿院付きの老女松風が京之介さまに……」

楓は、厳しい面持ちで告げた。

「何……」

京之介は、思わず眼を瞠《みは》った。

「虎徹入道を購うのを邪魔する者は始末する」

楓は、苦笑混じりに告げた。

「愚かな企てだ」

京之介は苦笑した。

「うむ……」

「松風の企てとなると、刺客は水戸藩に絡む者か……」

京之介は読んだ。

「きっと……」

楓は頷いた。

老女松風は、香寿院が宗憲に輿入れした時から付いて来た水戸藩の者であり、汐崎藩家中の事を秘かに報せている。

京之介は、松風が秘かに報せている相手が水戸藩の誰か知りたかった。

「ならば、襲われるのを待つ迄もあるまい」

京之介は、不敵な笑みを浮かべた。


愛宕下大名小路は通る者もいなく、静けさに覆われていた。

汐崎藩江戸上屋敷の潜り戸が開き、京之介が出て来た。

京之介は辺りを見廻し、大名小路から佐久間《さくま》小路を抜けて愛宕下広小路に出た。

そして、桜川《さくらがわ》を渡って藪《やぶ》小路に進んだ。藪小路を抜けると肥前《ひぜん》国佐賀《さが》藩江戸中屋敷があり、溜池《ためいけ》となる。

溜池の畔《ほとり》には馬場があった。

京之介は、馬場に進んだ。

馬場に人気はなく、溜池から微風が吹き抜けていた。
京之介は立ち止まり、馬場の入口を振り返った。
三人の武士が馬場に入って来た。
刺客……。
京之介は、冷笑を浮かべた。
三人の武士は、汐崎藩江戸上屋敷を見張っており、京之介を追って来たのだ。
京之介は、三人の武士の動きを読んだ。
三人の武士は、京之介が佇んでいるのに驚いたのか立ち止まった。
「私に用があるようだな」
京之介は笑いかけた。
三人の武士は身構えた。
「用があるなら早く済ませよう」
京之介は、三人の武士に向かって進んだ。
三人の武士は、猛然と地を蹴って刀を抜き払った。
刀が煌《きら》めいた。

京之介は、霞左文字を横薙《な》ぎに閃かせた。
擦れ違った武士の一人が、脇腹を斬られて前のめりに倒れた。
血が飛んだ。
残る二人の武士は、思わず怯《ひる》んだ。
「後を追って来て斬り付けるとは、おぬしたち水戸藩の方々だな」
京之介は嘲笑《あざわら》い、武士たちの素性を明らかにした。
二人の武士は、己たちの素性が露見しているのに怯んだ。
素性を知られているうえは、必ず討ち果たして口を封じなければならない。
二人の武士は、京之介に斬り掛かった。
京之介は、二人の武士の斬り込みを素早く躱し、霞左文字を真っ向から斬り下げた。
武士の一人の刀を握る腕が両断され、血を振り撒きながら宙に飛んだ。
刀を握る腕を斬り飛ばされた武士は、五体の均衡を崩してよろめいて崩れた。
京之介は、残った武士に霞左文字を向けた。
残った武士は、恐怖に衝き上げられて刀の鋒《きつさき》を激しく震わせた。

「おぬし、名は何と申す」

京之介は、残った武士に霞左文字を突き付けた。

「そ、園田清兵衛《そのだせいべえ》……」

残った武士は、喉を引き攣らせた。

「水戸藩での役目は何だ」

「徒士目付《かちめつけ》……」

「水戸藩徒士目付、園田清兵衛か……」

京之介は念を押した。

「い、如何にも……」

園田は、躊躇《ためら》いがちに頷いた。

「園田、誰に命じられての闇討ちだ」

「大番頭《おおばんがしら》の藤森九郎兵衛《ふじもりくろべえ》さまだ」

園田は、嗄れた声を震わせた。

「大番頭の藤森九郎兵衛……」

〝大番組〟とは、軍陣では殿さま本陣の前後左右を固め、平時には警護をするのが役目の武官だ。〝大番頭〟は、その大番組の頭だ。

京之介は、老女松風が秘かに繋ぎを取っている水戸藩の者が大番頭の藤森九郎兵衛だと知った。

御刀番左京之介の闇討ちは失敗した。

香寿院は激怒した。

残る手立ては、左京之介を御役御免にするか、汐崎藩から放逐《ほうちく》するしかない。だが、家臣を放逐するのは容易な事ではない。

香寿院は、汐崎藩家臣としての左京之介を調べ、放逐する口実を探した。

京之介は、家臣としての功績に大したものはなかった。

妖刀村正や来国俊を持つ御落胤の騒動、数珠丸恒次を巡る宗憲の陰謀は、表沙汰にされてはいなく、汐崎藩の歴史の裏に潜んでいるものだ。

それらを知っている者は、京之介自身と江戸家老の梶原頼母ぐらいしかいない。

表沙汰にすれば公儀と水戸徳川家は、汐崎藩を放っては置かない。

京之介がいなければ、汐崎藩は取り潰され藩主堀田家は御家断絶となっていたの

なかったかのように装われているのだ。そして、表向きは何事も
だ。
事件が公にされない限り、京之介の功績も公にはされないのだ。
そうした京之介の功績は、闇の彼方に秘められている。そして、表向きは何事も

御刀番左京之介は、汐崎藩の家臣として誇れる功績はない。

香寿院は見定めた。

「ですが香寿院さま、まこと左を御家中から追い出せますか……」

松風は戸惑った。

「出来る。いや、しなければならぬ」

香寿院は嘲笑を浮かべた。

「それはどのような……」

松風は、困惑を募らせた。

「松風、楽しみにしておるが良い」

香寿院は、楽しげに声をあげて笑った。

京之介を汐崎藩から追い出す……。

楓は、香寿院の企てを知り、京之介に報せた。

「私を藩から追い出すか……」

京之介は眉をひそめた。

「はい……」

楓は、怒りを滲ませた。

「何を以《もっ》て追い出す気かな」

「汐崎藩家臣として大した功績がないと……」

「そうか……」

京之介は苦笑した。

「京之介さまが如何に汐崎藩堀田家のために働いてきたか……」

楓は、悔しさを露にした。

「楓……」

京之介は楓を遮った。

「面白い。追い出されたら追い出された時だ。私も黙っては退かぬ……」

京之介は、不敵に云い放った。

「はい……」


香寿院は、江戸家老梶原頼母を通じて御刀番左京之介を呼んだ。

京之介は、梶原に伴われて奥御殿の御座之間《ござのま》に向かった。

御座之間の下段の間には、広敷用人の高岡主水が待っていた。

高岡主水は、緊張した面持ちで京之介を見詰めた。

京之介は、高岡に会釈をして梶原の背後に控えた。そして、天井を一瞥《いちべつ》した。

天井の裏の何処かに楓が潜み、事の成行きを見守っている。

京之介は苦笑した。

時が過ぎ、静けさの中に緊張感が漂った。

香寿院は、老女の松風を従えて上段の間の御入側《おいりかわ》から現れた。

京之介は、梶原や高岡と共に平伏《へいふく》した。

香寿院は、上段の間の中央に座った。

「香寿院さま、江戸家老梶原頼母と御刀番左京之介、お召しにより参上致しました」

高岡は告げた。

「梶原、その方《ほう》の背後に控えし者が御刀番の左京之介なる者か……」

香寿院の棘のある声が響いた。

「左様にございます」

「左、面《おもて》をあげい」

香寿院は命じた。

「はっ……」

京之介は、顔をあげて香寿院を見た。

香寿院は、厚化粧をした顔を怒りに引き攣らせていた。

「左、その方、如何なる遺恨があって妾《わらわ》の邪魔を致すのじゃ」

香寿院は、甲高い声を震わせた。

「如何なる事でございましょう」

京之介は、恐れる様子もなく香寿院を見据えた。

「妾が前の殿宗憲さま御供養のため、菩提寺天慶寺に虎徹入道なる名刀を寄進するのに反対している事じゃ」

「畏《おそ》れながら、私は汐崎藩御刀番として長曾禰興里虎徹入道を購うは無用と存じ、反対した迄にございます」

京之介は淡々と応じた。

「何故に無用と申す。事は亡き宗憲さまの御供養に拘わる事ぞ」

香寿院は、落ち着いた京之介に苛立った。

「亡き宗憲さまを御供養する御刀ならば、我が藩御刀蔵に宗憲さまお気に入りの名刀備前長船《びぜんおさふね》の一刀がございます。その備前長船の一刀を御寄進されるのが、亡き宗憲さまもお喜びになられ、至当《しとう》かと存じます」

京之介は、香寿院を見据えて告げた。

「香寿院さま、私も左の申し状の通りかと存じます」

梶原は、京之介の言葉を後押しした。

「畏れながら、某《それがし》も……」

高岡は頷いた。

「黙れ、黙れ……」

香寿院は、金切《かなき》り声を張り上げた。

「ならば香寿院さま、何故に宗憲さまを御供養する御刀が虎徹入道でなければならないのか、お聞かせ願います」

京之介は、香寿院に厳しい面持ちで反問した。

「そ、それは……」

香寿院は言葉に詰まった。

京之介は、冷たく見守った。

梶原と高岡は、息を詰めて香寿院の言葉を待った。

「それは……」

香寿院は、躊躇《ためら》い迷った。

「仰《おお》せられませぬか……」

京之介は、蔑むような笑みを滲ませた。

「それは、菩提寺天慶寺の御意向じゃ」

香寿院は、京之介の蔑むような笑みを振り払うかのように叫んだ。

「天慶寺の御意向とは、何方《どなた》の御意向でございますか……」

京之介は、間髪を容れずに訊いた。

「天光さまじゃ」

香寿院は怒鳴った。

「天光さまとは、天慶寺御住職ですな」

京之介は念を押した。

「そうじゃ。御住職の天光さまだ」

香寿院は、苦しげに頷いた。

「ならば、虎徹入道を宗憲さま御供養のために御寄進を望まれたのは、天慶寺御住職の天光さまなのですな」

京之介は、漸く香寿院の口から天光の名前を引き出した。

やはり、虎徹入道を欲しがっているのは天光であり、香寿院を操っているのだ。

京之介は苦笑した。

梶原と高岡は、事実を知って厳しい面持ちで見合った。

「左、その方、父祖代々、汐崎藩の禄を食《は》み、御刀番の御役目に就いておるが、今迄藩のお役に立った事があるか……」

香寿院は狼狽え、必死に話題を変えた。

「何を申されます、香寿院さま……」

梶原は眉をひそめた。

「梶原どの、そなたは江戸家老として左が藩のためにどのような働きをして来たか篤《とく》と承知している筈じゃ。左が藩のために何をしたと申すのじゃ」

「そ、それは……」

梶原は困惑した。

京之介が汐崎藩のために命を懸けて闘い、何度も藩の窮地を救ってきたのを一番良く知っているのは梶原なのだ。しかし、そうした事実は汐崎藩の秘事であり、一切を闇の彼方に隠して公には出来ないのだ。

「梶原どの、左は藩のために何をしたのじゃ」

香寿院は、嵩《かさ》にかかって攻め立てた。

「香寿院さま、左は亡き宗憲さまの密命を受けて働き、決して何もしていない訳ではございませぬ」

「ならば、宗憲さまの密命とは何だ」

「それは申せませぬ」

梶原は、京之介のために懸命に弁明した。だが、密命がどのようなものかは明らかにする訳にはいかないのだ。

「申せぬと申すか、梶原どの……」

「は、はい」

梶原は顔を歪め、苦しげに頷いた。

「ならば、信じられぬ。申さぬ限り、信じられぬわ」

香寿院は、嬉しげに突っぱねた。

「香寿院さま、密命は汐崎藩五万石の存亡に拘わる事、それでもお知りになりたいのですか……」

梶原は、香寿院を必死に見据えた。

「汐崎藩の存亡……」

香寿院は狼狽えた。

「如何にも……」

梶原は頷いた。

「もう良い。松風……」

香寿院は、老女松風に目配せをした。

「はい……」

松風は頷き、御入側に立ち去った。

御座之間に沈黙の時が訪れた。

松風は何処に何しに行ったのだ……。

京之介は、何故か不吉な予感を覚えた。

松風が戻り、御入側の戸口に控えた。

京之介、梶原、高岡は、次に現れる人物が何者か気付いて平伏した。

千代丸が御入側から現れた。

千代丸君……。

京之介は、思わぬ成行きに戸惑った。

「これは千代丸さま……」

香寿院は、千代丸に笑い掛けて身を退いた。

千代丸は、香寿院に代わって上段の間の中央に座った。

「皆の者、面をあげい……」

千代丸は、八歳の子供の声で告げた。

京之介、梶原、高岡は顔をあげた。

「千代丸さま……」

梶原の声には、動揺が滲んでいた。

「控えい、爺《じ》い……」

千代丸は、梶原を制した。

「ははっ……」

梶原は平伏した。

「御刀番左京之介……」

「はっ……」

「その方、母上に無礼を働いているそうだな」

千代丸は、京之介を睨み付けた。

「畏れながら……」

京之介は、膝を進めようとした。

「控えい。左京之介、その方、主である余の母上、香寿院さまを蔑《ないがし》ろにし、無礼を働いた廉《かど》で暇《ひま》を取らせる」

千代丸は云い放った。

「千代丸さま……」

梶原は狼狽えた。

「それだけだ」

千代丸は座を立った。

京之介は平伏し、千代丸、香寿院、松風が出て行くのを見送った。

子は母を慕う……。

京之介は、千代丸の存在を読んでいなかった己の迂闊《うかつ》さを秘かに笑った。

第二章　千代丸受難

一

左京之介は、汐崎藩から暇を出されて浪人となった。

左京之介放逐は、直ぐに汐崎藩江戸上屋敷内に広まった。

家臣たちは驚き動揺し、奉公人たちは眉をひそめて囁き合った。

千代丸さまの逆鱗《げきりん》に触れた……。

家中の者たちは囁き、噂し合った。

京之介は、途中だった刀の手入れを終えて御刀蔵に納めた。そして、納められた刀を見廻して御刀蔵の微かな霊気の冷ややかさを感じた。

「無念にございます。左さま……」

配下の佐川真一郎は、悔しげな眼を京之介に向けていた。

「佐川、この御腰物元帳《おこしものもとちょう》をよく読むのだな」

京之介は微笑み、御腰物元帳を佐川に差し出した。

「はい……」

佐川は頷き、御腰物元帳を受け取った。

さらばだ……。

京之介は、納められている刀を見廻し、御刀蔵の戸を閉めて錠を掛けた。そして、鍵を佐川に渡して御刀蔵を後にした。

佐川は、平伏して京之介を見送った。

京之介は、家中の者たちの困惑の眼と囁きの中を梶原の用部屋に向かった。


「左……」

梶原は、用部屋で呆然としていた。

「梶原さま、いろいろお世話になりました」

京之介は、梶原に挨拶をした。

「力及ばず、すまぬ……」

梶原は、京之介に深々と頭を下げて詫びた。

「いいえ。香寿院さまは切り札を切られたのです。これはもう敵《かな》いませぬ」

京之介は、屈託《くったく》なく笑った。

千代丸の出現は、京之介と梶原の思案の及ばぬ処だった。

「そう申してくれるか……」

「はい」

「左……」

梶原は、吐息を洩らした。

「御心配無用です、梶原さま。汐崎藩のこれまでの秘事、一切洩らしませぬ」

京之介は真顔で告げた。

「そのような事ではない。左、儂《わし》も疲れ果てた。おぬしが暇を出されたのなら、儂も暇を取る。潮時だ」

梶原は、疲れ果てたように告げた。

「梶原さま、私が暇を出され、貴方が暇を取ったら汐崎藩はどうなります」

京之介は、厳しい眼差しを向けた。

「左……」

「千代丸さまは未だ八歳。今は藩政よりも香寿院さまが大事。ですが、これから歳を重ねるにつれ、藩主として何が大切かお気付きになられます。その時、梶原さまがおいでにならなければ、誰が汐崎藩の秘事や亡き宗憲さまの想いをお伝えできるでしょうか……」

京之介は、梶原を諫めた。

「左、この年寄りにそれをやれと申すか……」

梶原は眉をひそめた。

「梶原さましかおいでになりませぬ」

京之介は、梶原を見詰めた。

「左、おぬし、この儂だけに……」

梶原は、老顔を歪めた。

「梶原さま。私は最早、汐崎藩とは何の拘わりもない一介の浪人。何をしようが私の勝手、何処かの生臭坊主を斬り棄てる事もあるやもしれませぬぞ」

京之介は、冷たさを過ぎらせた。

「左……」

梶原は、厳しさを滲ませた。

「何《いず》れにしろ梶原さま、汐崎藩と千代丸さま、宜しく頼みましたぞ」

京之介は、梶原に頭を下げた。


左京之介は、僅かな荷物を担いだ佐助を連れて汐崎藩江戸上屋敷を出た。

楓は、立ち去って行く京之介と佐助を上屋敷の屋根の上から見送った。

京之介は、楓に引き続いて香寿院を見張るように頼んだ。

「それより、香寿院は汐崎藩に取って百害あって一利なし。ひと思いに毒でも盛った方が良いのではないか……」

楓は、平然とした面持ちで物騒な事を云い放った。

「そうは参らぬ……」

京之介は苦笑した。

「そうか。でも、その気になったらいつでも……」

楓は微笑んだ。

「うむ。とにかく楓、もう暫く見張ってくれ」

「承知。して、落ち着き先は三田《みた》ですか……」

楓は、京之介の落ち着き先を三田《み た》中寺丁《なかでらちよう》の聖林寺《しようりんじ》と読んだ。

「うむ。だが、表向きは金杉橋《かなすぎばし》の北の芝湊町《しばみなとちよう》にある庄助《しようすけ》長屋だ」

「庄助長屋……」

「うむ。ではな……」

京之介は、楓を残して上屋敷をひっそりと退転していった。

楓は、上屋敷の屋根の上から見送った。


金杉橋北芝湊町は、愛宕下大名小路と三田との間にある。

京之介は、汐崎藩江戸上屋敷にも三田の聖林寺にも行き易い場所として芝湊町庄助長屋を選んだ。

庄助長屋は金杉橋の東、金杉《かなすぎ》川沿いにあり、江戸湊の傍《そば》でもあった。

庄助長屋は潮の香りに包まれ、鷗《かもめ》の鳴き声が飛び交っていた。

京之介は、庄助長屋に佐助と僅かな荷物を残し、京橋に向かった。

京橋の北、具足町に刀剣商『真命堂』はある。

京之介は、刀剣商『真命堂』主の道悦を訪れた。

「ほう。汐崎藩をお辞めになられた……」

道悦は、京之介を見詰めた。

「はい。暇を取らされました」

京之介は、己を嘲笑った。

「左さま、ひょっとしたら虎徹入道が拘わっているのでは……」

道悦は、京之介が汐崎藩から暇を取らされた理由を読んだ。

「道悦どの……」

京之介は戸惑った。

「左さま、虎徹入道を欲しがっているお寺さまは麻布天慶寺、汐崎藩堀田家の菩提寺。御住職の天光さま、御寄進をお望みになられているのではございませんか

「……」

「仰る通りです」

京之介は頷いた。

「やはり、そうですか。いえ、天慶寺別当の竜全さまが、さる御大名家の御後室さまが御寄進下さるとお約束してくれたのだが、邪魔立てする者がおり、なかなか上手く運ばぬと……」

道悦は、京之介を窺った。

「道悦どの、竜全が申した邪魔立てする者は、おそらく私の事でしょう」

京之介は苦笑した。

「やはり。それで暇を取らされましたか……」

道悦は、小さな笑みを浮かべた。

「ま、そんなところです」

京之介は頷いた。

「で、今は御浪人ですか……」

「はい」

「ならば、如何でございましょう。この真命堂の目利き役になられませぬか……」

道悦は、笑顔で京之介を誘った。

「真命堂の目利き役ですか……」

「はい。御浪人となれば、毎日の費《つい》えを御自分で稼がねばなりませぬ。目利き役をお引き受けいただければ、それなりのお礼は致します。もっとも、左さまの御都合の宜しい時だけで結構ですが……」

「それはありがたい。真命堂目利き役お引き受け致します。宜しくお願いします」

京之介は、道悦に頭を下げた。

「こちらこそ。さすれば早速ですが、近々天慶寺の竜全さまが訪れるとか。その時には真命堂目利き役としてお立会い下さい」

道悦は、天慶寺別当竜全との取引に京之介を立会わせ、虎徹入道の動きを見届けさせてくれようとしている。

「道悦どの……」

京之介は、道悦の好意を感じずにはいられなかった。

「お願いしますよ」

道悦は微笑んだ。

「忝《かたじけな》い……」

京之介は、道悦に感謝した。

虎徹入道寄進に表だって反対する者は、江戸家老の梶原頼母しかいなくなった。

梶原は孤軍奮闘した。だが、梶原の奮闘は香寿院の金切り声に押し潰された。

汐崎藩は、虎徹入道を買い求めて天慶寺に寄進する事を正式に決めた。

虎徹入道を買い求めると云っても、金子を天慶寺別当竜全に渡すだけだ。後は竜全が取り仕切り、汐崎藩は寄進したという名目だけを得るのだ。

それが、本当に亡き宗憲の供養になるのだろうか……。

梶原は、虚しさを覚えずにはいられなかった。

楓は、そうした汐崎藩江戸上屋敷を見張り、家中の様子を窺い続けた。

五日後、香寿院は麻布天慶寺に赴《おもむ》いて百両の金子を寄進した。

香寿院は、これで都合三百両の金子を寄進したのだ。

漸く長曾禰興里虎徹入道を購う金が用意出来た。

天光は喜び、百両を亡き宗憲の位牌の前に供え、張りのある声で経を読み、香寿院を抱いた。

楓は見届けた。


潮の香りに覆われた庄助長屋には、赤ん坊の泣き声が響いていた。

楓は、京之介を訪れた。

「そうか。香寿院が天慶寺に百両寄進されたか……」

京之介は眉をひそめた。

「はい。梶原さまはお一人で反対し続けたのですが……」

楓は、佐助の淹《い》れてくれた茶を飲みながら告げた。

「梶原さまか……」

京之介は、梶原が一人懸命に反対する姿を思い描いて同情した。

「はい。それにしても天慶寺の天光、虎徹入道を寄進させるだけなんですかね」

楓は首を捻った。

「うん……」

京之介は、楓の言葉に戸惑った。

「楓さんは、天光が虎徹入道の他にも何か狙っていると……」

佐助は眉をひそめた。

「ええ。生臭坊主の天光、香寿院を抱いている様子を見る限り、まだまだ汐崎藩に集《たか》る気のように思えてね」

「京之介さま……」

「うむ。天光、千代丸さまが幼いのを良い事に香寿院さまを籠絡《ろうらく》し、汐崎藩を金蔓《かねづる》にする企てか……」

京之介は読んだ。

「かもしれません……」

楓は頷いた。

天光は、放って置けば汐崎藩に巣くう害虫となり、虎徹入道を寄進させる以上の事を企むかもしれない。いや、既に企んでいるのかもしれないのだ。

「天光か……」

京之介は、天光の腹の底を覗きたくなった。

刀剣商『真命堂』道悦の使いの者が、庄助長屋の京之介の許にやって来た。

明日、天慶寺別当の竜全と長曾禰興里虎徹入道の取引をする。

道悦は、その取引に『真命堂』目利き役として京之介に立会いを求めて来た。

京之介は承知した。


翌日、京之介は刀剣商『真命堂』を訪れた。

道悦は、長曾禰興里虎徹入道を刀袋に入れて出掛ける仕度をして待っていた。

「お待ちしておりました。取引は麻布の天慶寺で……」

道悦は、手代《てだい》に刀袋に入れた虎徹入道を持たせ、京之介を伴って麻布天慶寺に向かった。

「竜全さまは京橋に来ると申されたのですが、一度は天慶寺の方丈や奥の院を見ておくのも良いかと思いましてね」

道悦は、悪戯《いたずら》っぽい眼で笑った。そこには、いつかは乗り込むかもしれない京之介に対する気遣いがあった。

「道悦どの、忝のうございます」

京之介は、道悦の気遣いに礼を云った。


麻布真徳山天慶寺の境内は、参拝人や散策する人が行き交っていた。

京之介は、道悦や虎徹入道を抱えた手代と一緒に方丈に向かった。

道悦、京之介、手代は、方丈の奥座敷に通された。

奥座敷には、住職の天光と別当の竜全が待っていた。

「これはこれは、天光さま、竜全さま、お待たせ致しました」

道悦は、腰を低くして挨拶をした。

京之介は、手代から虎徹入道を受け取って道悦の背後に座った。

「道悦どの、そちらの御武家さまは……」

竜全は、怪訝《けげん》な面持ちで京之介を示した。

「はい。手前どもの目利き役、左文字どのにございます」

道悦は、京之介を刀剣商『真命堂』目利き役の〝左文字〟として引き合わせた。

「左文字にございます。お見知りおきを……」

京之介は、天光と竜全に挨拶をした。

「左文字どのですか、拙僧は別当の竜全、こちらは住職の天光さまです」

「左文字どのと申されると、小夜《さよ》左文字と拘わりが……」

天光は、左文字の中でも名高い小夜左文字の短刀を知っていた。

「一族の端に連なる者です」

京之介は微笑んだ。

「そうでしたか。さすがは真命堂、目利き役も由緒正しき方ですな」

天光は、道悦に笑い掛けた。

「畏れいります」

「して、道悦どの……」

天光は、京之介の脇に置いてある虎徹入道を示した。

「はい。左文字どの……」

京之介は頷き、刀袋から白鮫皮着《しろざめかわぎせ》黒糸《くろいと》摘巻柄《つまみまきづか》、黒《くろ》蠟《ろ》色塗鞘《ぬりざや》に拵《こしら》えた長曾禰興里虎徹入道を取り出し、天光に差し出した。

「長曾禰興里虎徹入道にございます」

「おお……」

天光は眼を輝かせ、漸く手に入る虎徹入道を喉を鳴らして受け取った。

「柄は白鮫皮着黒糸摘巻、鞘は黒蠟色塗に拵えてみました」

道悦は、虎徹入道の拵えを説明した。

「見事な拵え、美しい……」

天光は見惚れた。

「御所望《しょもう》の虎徹入道。ささ、御覧下さい」

道悦は勧めた。

「う、うむ。では……」

天光は頷き、右手で柄、左手で鞘を持って静かに鯉口《こいぐち》を切って抜いた。

虎徹入道は鈍色に輝いた。

天光は、虎徹入道の刀身を見詰めて微かに身震いした。

「如何にございますか……」

道悦は、天光の反応を窺った。

天光は、虎徹入道の鈍色の輝きに吸い込まれるかのような面持ちで見惚れた。

「見事なものにございますな」

京之介は告げた。

「うむ。御覧下され、左文字どの……」

天光は、虎徹入道を京之介に差し出した。

「拝見します」

京之介は、虎徹入道を受け取って姿全体を見た。

「刃長二尺四寸、元幅一寸強、反りは五分、鎬造り、庵棟、鍛えは板目肌、刃文は互の目、匂は深く、帽子は小丸……」

京之介は、虎徹入道の刀身を読んだ。

「長曾禰興里虎徹入道、さすがに見事なものですな」

京之介は、虎徹入道を黒蠟色塗鞘に納めて天光に返した。

「左様、見事な美しさです」

天光は、嬉しげに虎徹入道を抱き締めた。

「念願が叶いましたな。天光さま……」

竜全は笑った。

「うむ。これも道悦どののお陰。礼を申しますぞ」

天光は、道悦に頭を下げた。

「いえ。ならば天光さま……」

「おお。竜全、道悦どのに金子を……」

天光は、竜全に命じた。

「はい。金子をこれに……」

竜全は、次の間に声を掛けた。

「はい……」

若い坊主が、二十五両ずつ帯封をした小判を十二個入れた金箱を持って来た。

「お約束の三百両、お確かめくだされ」

「はい……」

道悦は、金箱の小判を検《あらた》め始めた。

三百両は、香寿院が寄進した御布施だ。

御布施というより、香寿院が情夫《おとこ》の天光に貢《みつ》いだ金なのだ。

京之介は、秘かに腹立たしさを覚えた。

長曾禰興里虎徹入道、必ず汐崎藩江戸上屋敷の御刀蔵に納めてやる。

京之介は、己に云い聞かせた。

「確かに……」

道悦は、三百両の金子を検め終えた。

「ならば、これにて……」

竜全は頷いた。

取引は無事に終わった。

「竜全、祝いの酒を……」

天光は、竜全に目配せをした。

「はい……」

竜全は、若い坊主に祝いの酒を仕度させ、道悦と京之介に振る舞った。

「祝着《しゅうちゃく》至極《しごく》にございます」

道悦と京之介は、天光と竜全の接待を受けた。

京之介は酒を飲み、厠《かわや》を借りると称して座敷を出た。

「どちらに参られますか……」

屈強な坊主が二人、廊下に控えていた。

「うん。厠に……」

「御案内致します」

屈強な坊主の一人が、京之介の先に立った。

天慶寺の方丈の至る処に、屈強な坊主たちがそれとなく控えていた。

警戒は厳しい……。

京之介は苦笑した。

二

楓は、汐崎藩江戸上屋敷の天井裏に忍んで香寿院の様子を見張り続けた。そして、千代丸が咳をし始めたのに気付いた。

気になる咳だ……。

楓がそう思った時、千代丸は高熱を出して寝込んだ。

梶原と広敷用人の高岡主水は、直ぐに藩医の宗方道斎《むなかたどうさい》に千代丸を診察させた。

「大丈夫ですか、千代丸さまは大丈夫なのですか……」

香寿院は驚き、狼狽えた。

「はい。どうもお風邪を召されたようにございます」

道斎は、そう診断して薬を千代丸に飲ませた。

香寿院は、高熱に苦しむ千代丸をかいがいしく看病した。

そこには、一人息子を溺愛する母親がいた。

母親の香寿院にとっては、如何に大名家当主であっても八歳の一人息子でしかない。そして、千代丸あっての香寿院なのだ。

千代丸がいなくなれば、香寿院は前の藩主の菩提を弔う後室でしかなく、家中で威勢を張ってはいられない。

香寿院は、千代丸を懸命に看病した。そして、藩医の宗方道斎は様々な薬を調合し、千代丸に飲ませた。しかし、千代丸の熱は一向に下がらず、香寿院は苛立った。

江戸家老の梶原頼母は、宗方道斎を招いて千代丸の詳しい容態を聞き質した。

「風邪……」

梶原は眉をひそめた。

「はい。風邪と見立て、熱冷ましの薬をお飲みになっていただいたのですが、熱や咳だけではなく、胸に痛みを感じられるようになり、風邪だけではないものと……」

「風邪だけではない……」

「はい。どうやら肺の腑《ふ》が熱を持ち、腫《は》れる病を併発したかと存じます」

「肺の腑の病か……」

「はい……」

「治療の手立てはあるのだろうな」

「只今、知り合いの蘭方医《らんぽうい》にも尋ね、急ぎ探しております……」

道斎は告げた。

「そうか。とにかく道斎どの、千代丸さまの病、一刻も早く治るよう、手立てを尽くしてくれ」

「心得ております。では……」

道斎は、慌ただしく梶原の用部屋から出て行った。

一難去って又一難か……。

梶原は、深々と吐息を洩らした。


「千代丸さまが病……」

京之介は戸惑った。

「風邪の他に肺の腑の病だとか……」

楓は、庄助長屋の京之介を訪れ、千代丸が病になったのを報せた。

「ならば上屋敷は大騒ぎだな」

京之介は読んだ。

「ええ。藩医の道斎さまが手を尽くしているが、熱は一向に下がらないそうだ」

「そうか……」

京之介は、藩医宗方道斎の懸命の治療に想いを馳せた。

「それで、香寿院が金切り声で喚《わめ》き散らしている」

楓は嘲笑を浮かべた。

「香寿院さまが……」

京之介は眉をひそめた。

「ああ。医者は当てにならないから加持祈禱《かじきとう》をしてもらうとな」

「加持祈禱。天慶寺の天光か……」

京之介は、香寿院が千代丸の病を治すと称して天光に加持祈禱をさせようとしているのを知った。

「間違いあるまい」

楓は頷いた。

加持祈禱となると、千代丸の病は天光にとって決して悪い事ではないようだ。

京之介は睨んだ。

天光は、こうした事態を利用して何かを企てるかもしれない。それがどのような企てであれ、汐崎藩にとって決して良い事ではないのは明白だ。

汐崎藩の行く末には、暗雲が立ち籠めている。

何れにしろ、香寿院が天光を加持祈禱に招いてからだ。

京之介は、楓に引き続き汐崎藩江戸上屋敷と香寿院を見張るように頼んだ。

香寿院は、千代丸の病の平癒《へいゆ》を願い、真徳山天慶寺住職の天光に加持祈禱を頼む事にした。

江戸家老の梶原頼母は反対した。

「梶原どの、何故の反対じゃ……」

香寿院は、柳眉《りゅうび》を逆立て金切り声をあげた。

「そ、それは……」

梶原は口籠もった。

反対の理由を云えば、香寿院と天光の深い拘わりに触れる事になる。それは、家臣として出来ない事だった。

「梶原どの、そなたは千代丸が此《こ》のまま死んでも良いと申すのか」

香寿院は、梶原を睨み付けた。

「そのような事、あろう筈がございません」

梶原は、香寿院を正面から見据えて告げた。

「黙れ、黙れ不忠者《ふちゅうもの》……」

香寿院は怒鳴った。

「何と申されましても、拙者は天光さまの加持祈禱は反対、承服しかねます」

梶原は怯まず、怒りを滲ませて香寿院を見据えた。

「お、おのれ、梶原……」

香寿院は激昂《げっこう》した。

「こ、香寿院さま……」

広敷用人の高岡主水は慌てた。

「高岡、捕らえい。不忠者の梶原頼母を捕らえるのじゃ、出会え、皆の者」

香寿院は喚き立てた。

高岡の配下の者たちが駆け付けた。

「梶原さま、此処は取り敢えずお引き下さい」

高岡は、梶原に囁いた。

「高岡……」

梶原は戸惑った。

「皆の者、御家老をお連れ致せ」

高岡は、梶原の戸惑いを無視して配下の者たちに命じた。

配下の者たちは、梶原を連れ出して行った。

「高岡、これから松風を天光さまの許に使いにやる。その方、御祈禱所の仕度を致せ」

香寿院は云い残し、離れ家に戻って行った。

「ははっ……」

高岡は平伏した。


護摩《ごま》の火は燃え上がった。

天光は、護摩壇に護摩木を焚《た》き、千代丸の病の治癒を願って経を読んだ。

経を読む天光の背後では、香寿院が一心不乱に手を合わせていた。

護摩壇では護摩木が激しく燃え上がり、炎を躍らせていた。

天光は、香寿院に加持祈禱を頼まれたのを千載一遇《せんざいいちぐう》の機会と喜んだ。そして、別当の竜全と打ち合わせをして汐崎藩江戸上屋敷に乗り込んだ。

江戸上屋敷に乗り込んだ天光は、藩医宗方道斎たちを千代丸から遠ざけて加持祈禱を始めた。

千代丸の病は、天光の加持祈禱で本当に治るのか……。

汐崎藩家中の者たちは、息を詰めて見守った。


梶原頼母は、汐崎藩江戸上屋敷の敷地内にある屋敷で暮らしていた。

江戸家老梶原頼母は、老女松風を通じて千代丸から蟄居《ちっきょ》を命じられた。

〝蟄居〟は、閉門《へいもん》同様に一室内に閉じ込められるものであり、家族には関係ない本人だけの刑だ。

梶原の蟄居が、本当に千代丸の命令かどうかは分からない。

おそらく、香寿院が千代丸が高熱で寝込んでいるのを良い事にその威を借り、天光と仕組んだ事なのだ。しかし、それを確かめようとする気力は、既に梶原から失せていた。

梶原は、老妻を始めとした家族と離れ、屋敷内の一室に蟄居した。

隠居か切腹……。

梶原は、己に残された道が二通りしかないのを知っていた。

隠居して倅《せがれ》に梶原家を譲る……。

しかし、汐崎藩の行く末は暗澹《あんたん》たるものでしかない。

堀田家と家臣たちはどうなるのだ……。

梶原は、恐ろしい程の不安を覚えた。

さっさと皺腹を切り、現世《げんせ》の煩《わずら》わしさから逃れた方がいいのかもしれない。

梶原の頭の中には、切腹という言葉が漂い始めた。


このまま天光が加持祈禱を続ければ、千代丸の病は治るどころか悪化するだけだ。

「そして、やがては……」

藩医の宗方道斎は、眉をひそめて吐息を洩らした。

「死にますか……」

京之介は、厳しさを滲ませた。

「間違いなく……」

道斎は頷いた。

控えていた佐助は、事態が切迫したのを知って喉を鳴らした。

「香寿院さまには……」

「何度も申し上げた。だが……」

道斎は首を横に振った。

「天光が加持祈禱をしていれば大丈夫だと云いましたか……」

「うむ。香寿院さまは、何事も天光さまを頼り、我らの申す事などお聞きになる耳、既にないものかと……」

道斎は、憮然《ぶぜん》と肩を落とした。

「道斎さま、梶原さまは如何されました」

「梶原さまは蟄居を命じられたままだ」

「そうですか……」

「左どの、このままでは、まこと手遅れになる。どうしたら良い」

「さあて……」

京之介は眉をひそめた。

藩医宗方道斎は、庄助長屋の京之介の家から悄然たる姿で帰った。

京之介は見送った。

「京之介さま……」

佐助は、京之介が本当に何の手立ても思い付かないでいるのか見極めようとした。

「佐助、楓を呼んでくれ」

京之介は、小さな笑みを浮かべて命じた。

「心得ました」

佐助は、思わず笑った。

京之介に手立てはあるのだ……。

佐助は安堵した。

「佐助、事は急ぐ」

「はい」

佐助は、汐崎藩江戸上屋敷に忍んでいる楓に繋ぎを取りに走った。

「勝手知ったる江戸上屋敷か……」

京之介は腹を決めた。

楓は、直ぐに京之介の許に現れた。

京之介は、天光と香寿院の様子を訊いた。

天光と香寿院は、千代丸の病平癒の加持祈禱を行い、その合間に情を交わしていた。

天光は、情を交わしながら香寿院に様々な事を吹き込んでいた。

香寿院は天光に操られ、千代丸の傍から宗方道斎たち藩医や家臣たちを遠ざけた。

「ならば香寿院さまは、天光の云う事を千代丸さまのお言葉として、家中の者に告げているのか……」

京之介は眉をひそめた。

「うむ。千代丸さまの周囲には、今や家臣ではなく天光配下の坊主が詰めている程だ」

「天光配下の坊主か……」

京之介は、天慶寺の方丈にいた屈強な坊主たちを思い出した。

「うむ。汐崎藩江戸上屋敷の奥御殿は天光に押さえられた」

楓は苦笑した。

「押さえられたのは奥御殿だけではない。千代丸さまと香寿院さま、そして汐崎藩もだ……」

京之介は、天光の企てに気付いた。

「汐崎藩もですか……」

佐助は眉をひそめた。

「左様、天光は千代丸さまと香寿院さまを押さえ、その威を利用して汐崎藩を支配し、我が物にしようと企てているのだ」

京之介は読んだ。

「そんな……」

佐助は驚き、言葉を失った。

「で、如何します」

楓は、京之介の出方を窺った。

「このままでは千代丸さまは死を待つばかり、先《ま》ずは助け出して病を治す」

京之介は云い放った。

護摩の火は燃え上がり、天光の千代丸病平癒の祈禱が始まった。

天光は、護摩木を焚いて経を読んだ。

香寿院は、天光の背後で手を合わせて酔ったように経を呟いていた。

汐崎藩江戸上屋敷の奥御殿にある千代丸の寝所と祈禱所は、天光が連れて来た屈強な坊主たちで警護されていた。


汐崎藩江戸上屋敷の両側には、塀代わりの侍長屋が連なっている。

京之介と佐助は、東側の塀代わりの侍長屋の外の路地に走り込んだ。

塀代わりの侍長屋に連なる武者窓には、明かりが灯されていた。

京之介と佐助は走り、明かりの灯されていない武者窓の一つに取り付いた。

佐助は、低い石垣に身軽に取り付き、匕首で格子の入った武者窓の窓枠を外した。

武者窓の窓枠は、既に細工がされていたのか容易に外れた。

佐助は、窓の障子を開けて中に忍び込んだ。

そこは、京之介と佐助が暮らしていた侍長屋の家だった。

佐助は、京之介が暇を取らされて空き家になった家に忍び込んだのだ。

京之介は続いて忍び込み、格子の入った窓枠を元通りに嵌《は》めて障子を閉めた。

京之介と佐助は、侍長屋の家に様々な細工をして立ち退いていたのだ。

武者窓の格子の入った窓枠もその一つであり、立ち退くときに取り外しが出来るように細工してあった。

京之介と佐助は家の中を通り、勝手知ったる江戸上屋敷内を奥御殿に向かった。

上屋敷内には見張りや見廻りも少なく、緊張感は失せていた。

家臣たちの士気は、千代丸の病、梶原の蟄居、そして天光が乗り込んで来た事により衰えたようだ。

京之介は無念さを覚えた。


奥庭には、天光の読む経が僅かに聞こえていた。

京之介と佐助は、広い奥庭にある祈禱所を眺めた。

祈禱所の障子に映《は》える護摩の火は、激しく揺れていた。そして、奥庭の暗がりには警護の坊主が潜んでいた。

「京之介さま……」

佐助は、厳しい面持ちで奥庭に潜む警護の坊主を示した。

「うむ……」

京之介は頷いた。

増上寺の鐘が戌《いぬ》の刻五つ（午後八時）を告げた。

「京之介さま……」

「うん。行くぞ」

京之介は、覆面をして奥御殿に忍び込んだ。

佐助は続いた。


奥御殿は静けさに覆われていた。

京之介は、長い廊下を千代丸の寝所に向かった。

千代丸には、老女の松風と腰元が付き添い、寝所の外には二人の屈強な坊主が宿直《とのい》をしている。

京之介と佐助は、楓からの報せを頭に入れて廊下を進んだ。

楓は、天井板を僅かにずらして千代丸の寝所を覗いた。

寝所には有明行燈《ありあけあんどん》が灯され、千代丸が眠っており、老女の松風と若い腰元が付き添っていた。

宿直の二人の屈強な坊主は、襖《ふすま》の外にいる筈だ。

戌の刻五つは既に過ぎた。

京之介と佐助は、打ち合わせ通りなら奥御殿に忍び込んでいる筈だ。

楓は松風と腰元を窺った。

松風は、脇息《きょうそく》にもたれ掛かって眠り、腰元は居眠りをしていた。

楓は、天井板を外して音もなく寝所に飛び降りた。そして、腰元の背後に廻り、眠り薬を浸した布で鼻と口を押さえた。

腰元は眼を瞠り、意識を失って崩れた。

楓は、続いて鼾《いびき》を掻いて眠っている松風に眠り薬を嗅《か》がせた。

松風は、鼾を途切れさせる事もなく涎《よだれ》を垂らして眠り続けた。

たわいの無い……。

楓は苦笑し、千代丸の顔を覗き込んだ。

未だ熱の下がらない千代丸は、顔を赤くして苦しげに息を鳴らしていた。


千代丸の寝所の前には、二人の屈強な坊主が刀を脇に置いて座っていた。

京之介は、廊下の角から覗いて二人の坊主を見定め、佐助に目配せをした。

佐助は頷き、廊下を素早く横切った。


坊主の一人が、廊下の端を横切った人影に気付いた。

「どうした……」

「誰かいるようだ。見て来る……」

気付いた坊主は刀を手にし、佐助が横切った廊下の端に進んだ。


坊主は、廊下の端に来て佐助が消えた方を覗いた。

刹那、京之介は背後から坊主の首を絞めて引き摺《ず》り込んだ。

坊主は、苦しく呻《うめ》きながら首を絞める京之介の腕を外そうと踠《もが》いた。

京之介は、渾身《こんしん》の力で坊主の首を絞めあげた。

坊主は、首を絞められて苦しく呻いた。

京之介の腕には、坊主の身体の重さがずっしりと掛かった。

坊主は落ちた。

京之介は、落ちた坊主を床に寝かせた。

「どうした、日啓《にっけい》……」

残る坊主が声を掛けて来た。

佐助は、廊下を覗いて素早く引っ込んだ。

「誰だ……」

残る坊主は、警戒しながら廊下を進んで来た。そして、立ち止まり、佐助が潜む廊下の角を慎重に覗いた。

「おい……」

京之介は、坊主に背後から声を掛けた。

坊主は、慌てて振り返った。

京之介は、峰を返した霞左文字を一閃した。

坊主は、首筋を鋭く打たれて気を失い、その場に倒れ込んだ。

「京之介さま……」

佐助が出て来た。

「うむ……」

京之介と佐助は、千代丸の寝所に急いだ。

「手間取ったようだな」

楓は、寝所に忍び込んで来た京之介と佐助に笑い掛けた。

京之介は苦笑し、鼾を掻いて眠っている松風と腰元を一瞥し、千代丸の枕元に寄った。

千代丸は眠っていた。

「佐助……」

「はい」

佐助は、背を向けてしゃがみ込んだ。

京之介は、眠っている千代丸を佐助に背負わせた。

佐助は、背負った千代丸を紐で縛り、京之介に頷いた。

「ならば楓……」

「うん……」

楓は頷いた。

京之介は、千代丸を背負った佐助と共に奥御殿から出て行った。

楓は、天井裏にあがって天井板を元に戻した。

主のいなくなった千代丸の寝所には、松風の鼾が響き渡っていた。

三

京之介は、千代丸を背負った佐助と共に侍長屋の空き家に戻り、武者窓から汐崎藩江戸上屋敷を脱け出した。そして、大名小路から汐留《しおどめ》川に架かる土橋《どばし》に走った。

土橋の下に船着場があり、屋根船が繋がれていた。

京之介は、屋根船に乗り込んで舫《もや》い綱を解いた。

佐助は、千代丸を背負ったまま屋根船の障子の内に入った。

京之介は、屋根船を船着場から離して流れに乗せた。

佐助は行燈《あんどん》に火を灯した。

障子の内には蒲団が敷いてあり、温石《おんじやく》で暖められていた。

佐助は、千代丸を蒲団に寝かせた。

屋根船は、中ノ橋と新橋を潜り、汐留橋の手前を三十間堀《さんじつけんぼり》に曲った。

佐助が障子の内から出て来た。

「交代します」

「頼む……」

京之介は、佐助に櫓《ろ》を渡して障子の内に入った。

千代丸は、熱のある顔で眠り続けていた。

京之介は、冷水に浸した手拭《てぬぐい》を絞って千代丸の額《ひたい》に載せた。

千代丸は微かに呻いた。

未だ八歳の子供だ……。

京之介は、千代丸を哀れまずにはいられなかった。

佐助の操る屋根船は、三十間堀から楓川《もみじがわ》に進んで夜の闇に消え去って行った。

千代丸連れ出しは上首尾《じょうしゅび》に終わった。


千代丸の病平癒を願う祈禱は終わった。

天光と香寿院は祈禱所を出た。

楓は見守った。

天光と香寿院は、奥御殿にあがって千代丸の寝所に向かった。

二人の屈強な坊主は、気を失って廊下の角に倒れていた。

「これは……」

天光と香寿院は驚いた。

「ち、千代丸さま……」

香寿院は、裾を乱して千代丸の寝所に走った。

「松風……」

香寿院は、鼾を掻いて眠り込んでいる松風と若い腰元に啞然とした。

「千代丸さま……」

香寿院は、蒲団で眠っている千代丸の許に駆け寄った。そして、蒲団の中に千代丸がいないのに気が付いた。

千代丸が何者かに連れ去られた……。

「ち、千代丸さま……」

香寿院は、思わず叫ぼうとした。

天光は、叫び掛けた香寿院の口を背後から押さえた。

「天光さま……」

香寿院は、眼を瞠って驚いた。

天光は、厳しい面持ちで首を横に振った。

「騒ぎ立ててはなりませぬ」

天光は、香寿院に云い聞かせた。

香寿院は、戸惑いながらも頷いた。

天光は、香寿院の口から手を外した。

「天光さま……」

香寿院は、天光に縋《すが》る眼を向けた。

「香寿院さま、千代丸さまは幼いとはいえ汐崎藩藩主。その藩主が夜中に何者かに連れ去られたと御公儀に知られれば、どのような事になるか分かりませぬ。先ずは落ち着かれて屋敷内を捜しましょう」

「は、はい……」

香寿院は、不安に震えながら頷いた。

天光は、配下の坊主たちを呼び、上屋敷内に千代丸を捜すように命じた。

配下の坊主たちは、上屋敷内に散った。

天光は、気を失っていた坊主の日啓たちを起こし、事情を問い質した。

日啓たちは、覆面をした武士と頬被りをした町方の男に襲われていた。

何者だ……。

天光は、香寿院と眼を覚ました松風に心当たりがないか尋ねた。

香寿院と松風に心当たりはなかった。

覆面の武士たちは、汐崎藩に拘わりがある者に違いない……。

天光は睨み、香寿院に広敷用人の高岡主水を呼ばせた。

広敷用人の高岡主水は、千代丸が何者かに連れ去られたと聞いて仰天した。

「な、何者の仕業ですか……」

「高岡どの、その心当たり、おぬしにないかと思って来て貰ったのだ」

天光は、微かな嘲《あざけ》りを過ぎらせた。

「心当たりですか……」

「左様。曲者《くせもの》はどうやら奥御殿の様子を知っている者。となると、汐崎藩に何らかの拘わりがある筈……」

天光は睨んでいた。

「さあ。そのような者に心当たりは……」

高岡は眉をひそめた。

「ござらぬか……」

「はい。それより天光さま、家中の者たちに上屋敷内を隈《くま》無く探索させ、曲者の足取りを」

「ならぬ」

天光は、高岡を遮った。

高岡は戸惑った。

「事は汐崎藩の浮沈に拘わる秘事。家中の者から洩れ、御公儀の知る処となれば一大事。此処は騒ぎ立てず、我が手の者どもに秘かに追わせる。よって此の事一切、他言無用」

「しかし、それでは……」

高岡は狼狽えた。

「高岡どの……」

香寿院は、苛立ちの声をあげた。

「はっ」

「何事も天光さまの申される通りに致すのじゃ」

香寿院は命じた。

「ははっ……」

高岡は平伏した。

それは、恰《あたか》も天光に平伏しているかのようだった。


屋根船は大川《おおかわ》を遡り、吾妻《あづま》橋を潜って向島《むこうじま》に入った。

佐助は屋根船を操り、水戸藩江戸下屋敷や竹屋《たけや》ノ渡《わたし》の前を抜け、桜餅で名高い長命寺《ちょうめいじ》の手前東の小川に切れ込んだ。そして、田畑の中の小川を進み、小さな橋の下の船着場に屋根船の船縁を寄せた。

「京之介さま……」

「様子を見てくる。千代丸さまを頼む」

「心得ました」

京之介は、佐助と千代丸を残して屋根船を降り、土手の上に駆け上がって行った。


土手の上には小道があり、生垣に囲まれた寮があった。

京之介は、生垣に続く木戸門を潜って庭先に廻った。

母屋の居間には、明かりが灯されていた。

「道斎先生……」

京之介は、明かりの灯されている居間に声を掛けた。

居間の障子が開き、汐崎藩藩医の宗方道斎が出て来た。

「左どの……」

「お連れ致した。仕度は……」

「出来ている。一刻も早く……」

「心得た」

京之介は、船着場に駆け戻った。


燭台の火は揺れた。

京之介と佐助は、眠っている千代丸を奥座敷の蒲団に寝かせた。

宗方道斎は、直ぐに診察を始めた。

京之介と佐助は見守った。

道斎は、千代丸の熱を計り、胸の鼓動を調べた。

「如何ですか……」

「うむ。胸に雑音があるが、幸いにも私が最後に診た時と大して変わりはない」

道斎は安堵を浮かべた。

「悪くはなっていませんか……」

京之介は、天光の祈禱が始まって以来、道斎たち医者が遠ざけられ、千代丸の病状が悪化するのを恐れていた。

「おそらく……」

「それは良かった」

京之介と佐助は安堵した。

道斎は、用意してあった煎《せん》じ薬を千代丸に飲ませた。

生垣に囲まれた寮は、京橋の刀剣商『真命堂』の持ち家だった。

京之介は、『真命堂』主の道悦に病人を養生させるのに適した家がないか尋ねた。

道悦は、詳しい事情も訊かず、持ち家である向島の寮を貸してくれた。

京之介は、藩医の宗方道斎に企てを報せて寮に先廻りをしてもらっていた。

道斎は、蘭方医に教えられた治療に必要な物を用意し、向島の寮に来ていたのだ。

とにかく今は、一刻も早く千代丸の病を治すしかない……。

「佐助、私は夜が明けたら楓に家中の様子を訊きに行く。留守を頼む」

京之介は、香寿院と天光、そして汐崎藩江戸上屋敷の様子を探る事にした。

千代丸は、汐崎藩江戸上屋敷の何処にもいなかった。そして、表門や裏門、周囲にも変わった事はなく、日が暮れてから出入りした者もいなかった。

天光は、探索をした配下の坊主たちの報せに微かな戸惑いを覚えた。

千代丸は、神隠しに遭った訳ではない。何者かが秘かに連れ去ったのだ。

誰にも見られず、何の証拠も残さない恐るべき相手なのだ。

その恐るべき相手が、企ての邪魔をしようとしている。

天光は思わず身震いし、麻布真徳山『天慶寺』に坊主を走らせ、別当の竜全を呼んだ。

広敷用人の高岡主水は、秘かに梶原頼母の屋敷を訪れた。

「高岡、儂は蟄居の身、逢う事が叶わぬのは承知であろう」

梶原は断った。

「千代丸さまが何者かに連れ去られてもですか……」

高岡は縋《すが》った。

「何……」

梶原は驚き、高岡と逢った。

高岡は、梶原に事の次第を話した。

「ならば、覆面の武士が二人の屈強な坊主を倒し、松風と腰元を眠らせて千代丸さまを連れ去ったと申すか……」

梶原は念を押した。

「左様。天光は我が藩に拘わりのある者の仕業だと睨んでいます」

高岡は告げた。

「我が藩に拘わりのある者……」

梶原は眉をひそめた。

「梶原さまに心当たりは……」

「心当たりか……」

大名屋敷に忍び込み、二人の屈強な坊主を気絶させ、子供とは云え藩主を連れ去る程の大胆不敵な者……。

梶原は想いを巡らし、一人の男に行き当たった。

元汐崎藩納戸方御刀番左京之介……。

上屋敷に忍び込み、屈強な坊主二人を人知れず気絶させ、千代丸を連れ去る事の出来る剛胆な手練《てだ》れは左京之介しかいない。

だとしたら何故だ……。

梶原は戸惑った。

京之介は、千代丸を連れ去って病を治そうとしているのかもしれない。

梶原の勘が囁いた。

「如何ですか……」

高岡は、梶原を促した。

「う、うむ……」

梶原は眉をひそめた。

高岡は、既に天光と香寿院に籠絡されているのかもしれない。万一、そうなら京之介の事を教える訳にはいかない。

梶原は警戒した。

「どうも、思い浮かばないな……」

梶原は首を捻った。

「そうですか、思い浮かびませぬか……」

高岡は、悄然と肩を落とした。

「うむ。して高岡、此の事、家中の者たちは知っているのか……」

「いいえ。天光さまと香寿院さまは、従えて来た坊主たちに秘かに探索させるから、家中の者たちはいつも通りにしていろと……」

「いつも通りに……」

「左様。公儀や他家の者に異変を気付かれぬように……」

「公儀や他家に気付かれぬようにか……」

梶原は、微かな違和感を覚えた。

「うむ。公儀に知られれば、汐崎藩はどのようなお咎《とが》めを受けるかと、心配されましてな」

汐崎藩が取り潰されたら、折角《せっかく》の金蔓を失う事になる。

天光は、それを恐れているのだ。

梶原は読んだ。

「そうか……」

「はい。ならば梶原さま、千代丸さまを連れ去った者、想い浮かんだならお報せ下さい」

高岡は、梶原にそう頼んで帰って行った。

左京之介……。

梶原は、京之介の精悍《せいかん》な顔を思い浮かべた。

千代丸さまを頼む……。

梶原は瞑目し、思わず手を合わせていた。

汐崎藩江戸上屋敷はいつもと変わりがなかった。

天光は、千代丸が連れ去られたのが家中に知られるのを恐れ、香寿院に言い含めて祈禱を続けた。

麻布天慶寺別当の竜全は、天光の使いの者と一緒に汐崎藩江戸上屋敷に駆け付けて来た。

楓は、天光と竜全の話を聞き取ろうとした。だが、天光は、竜全と祈禱所で逢った。

祈禱所は奥御殿の離れ家に造られ、周囲には坊主たちが厳しく警戒している。屋根裏伝いに祈禱所の天井裏に忍び込んだり、縁の下に潜り込むのは無理だ。

楓は見守るしかなかった。

「成る程、天光さまの対応、間違いはないでしょう」

竜全は笑みを浮かべた。

「そうか……」

天光は、安堵を過ぎらせた。

「はい。それにしても千代丸さま、今何処においでになるのか……」

竜全は眉をひそめた。

「うむ。連れ去った者が誰か分かれば、連れ去り先も辿《たど》れるのだが……」

天光は、悔しさを滲ませた。

「家臣の中に、妙な動きをしている者はおりませぬか……」

「今の処は、未だ分からぬ」

天光は首を捻った。

「分かりませぬか」

「うむ……」

「ならば、手の者に代わる迄、千代丸さまのお側《そば》にいた者は……」

「千代丸さまのお側にいた者か……」

「はい……」

「広敷用人の高岡主水、近習頭《きんじゅがしら》の兵藤内蔵助《ひょうどうくらのすけ》と配下の者共。そして、藩医の宗方道斎を始めとした医者たちだが、私が来た時、直ぐに遠ざけた」

天光は告げた。

「その中に宿直《とのい》をしていた日啓を絞め落とす程の手練れは……」

「おらぬ……」

「いませんか……」

「うむ……」

「ならば、手練れを雇って忍び込んだか……」

竜全は読んだ。

「かもしれぬ……」

天光は頷いた。

「分かりました、取り敢えず広敷用人の高岡主水と近習頭の兵藤内蔵助に私の手の者を張り付けてみます」

「うむ。竜全、事は急ぐぞ」

天光は、焦りを過ぎらせた。

「心得ております。ですが天光さま、これは千載一遇の好機かと存じます」

竜全は、その眼を狡猾《こうかつ》に光らせた。

「千載一遇の好機……」

天光は眉をひそめた。

「左様。天光さま、此のまま千代丸さまが此の世から消えられたら如何なりますかな……」

竜全は、狡猾に光る眼で天光を窺った。

「竜全……」

天光は、冷酷な笑みを浮かべた。

四

飯倉神明宮門前の茶店は、参拝帰りの客で賑わっていた。

京之介は、縁台に腰掛けて茶を飲んでいる楓の隣に腰掛け、亭主に茶を頼んだ。

「上屋敷の様子は……」

「天光が口止めをしたので知る者は僅か。殆《ほとん》どの家来は、千代丸さまがいなくなったのを知らず、平穏なものですよ」

楓は苦笑した。

「そうか……」

京之介は頷いた。

「それで先程、天慶寺から竜全が来ましてね。天光と何やら話をして帰りました」

「二人の話の中身は……」

「残念ながら……」

楓は、悔しげに首を横に振った。

「分からぬか……」

京之介は、運ばれた茶を飲んだ。

「はい。いずれにしろ、天光が連れて来た坊主どもの動きに変わりはありません。千代丸さまの行方は、おそらく竜全配下の坊主どもが追っているのでしょう」

楓は読んだ。

「だが、追うにしても手掛かりはあるのかな」

京之介は苦笑した。

佐助と共に忍び込み、千代丸を連れ出したのを見た者はいない。そして、大名小路を抜ける迄、誰にも逢わなかった筈だ。後は屋根船で三十間堀と楓川を進み、日本橋川から大川に出て向島に遡った。その間、千代丸は障子の内で蒲団にくるまれて眠っており、手掛かりは残していない筈だ。

「さあ、その辺りはわかりませんが、相手は狡猾な天光と竜全、どんな手を使ってくるか、油断はなりません」

楓は懸念した。

「うむ……」

千代丸は、八歳の子供といえども大名だ。

その大名が、己の上屋敷から逃げるように避難しなければならない事態に追い込まれているのは事実だ。

油断は禁物……。

京之介は、楓の懸念に頷いた。

向島の田畑の緑は、吹き抜ける風に揺れていた。

千代丸の容態に変わりはなかった。

藩医の宗方道斎は、寮に泊まり込んで千代丸の治療に当たっていた。

佐助は、道斎を手伝い、世話をしながら寮の周囲を警戒した。

いまのところ、寮の周囲に不審な者は現れていない。

佐助は見定め、警戒を続けた。

鷗は煩《うるさ》い程に鳴きながら飛び交っていた。

京之介は、芝湊町の庄助長屋の様子を窺いに行き、木戸を潜った。

京之介の家の腰高障子は、僅かに開いていた。

誰だ……。

佐助は、向島の寮に詰めており、庄助長屋に来ている筈はない。

京之介は、微かな緊張を滲ませて家に忍び寄った。そして、腰高障子を開けようと手を伸ばした。

次の瞬間、腰高障子は開いた。

京之介は、見切りの外に跳び退いた。

水戸藩御刀番の神尾兵部が、開いた腰高障子の内から出て来た。

「おお、神尾どの……」

京之介は戸惑った。

「やあ……」

神尾は、京之介に笑い掛けた。

蕎麦屋の二階の座敷からは、鷗の飛び交う江戸湊が眺められた。

京之介は、神尾兵部を誘って蕎麦屋の二階の座敷にあがり、酒を頼んだ。

「汐崎藩から身を退かれたそうですな」

神尾は、酒を飲みながら小さく笑った。

「ええ。暇を出されましてね。して神尾どの、庄助長屋の事は誰に……」

京之介は、神尾が汐崎藩の者も知らぬ庄助長屋に来たのを警戒した。

「真命堂の道悦どのに伺いました」

「道悦どのですか……」

刀剣商『真命堂』主の道悦には、目利き役を引き受けた時に庄助長屋に越した事を告げている。

「左様……」

神尾は、道悦に庄助長屋を聞いて訪ねて来た。だが、京之介は出掛けており、待っていたのだ。

「そうでしたか。道悦どのには、真命堂の目利き役に雇って貰いました」

「それは良かった。して、汐崎藩から暇を出されたのは、何故ですか……」

神尾は眉をひそめた。

「虎徹入道の一件で、香寿院さまの逆鱗に触れましてね。それで……」

京之介は苦笑した。

「やはり、香寿院さまですか……」

神尾は、腹立たしげに吐き棄てた。

「神尾どの……」

「香寿院さまは、我が主家の水戸徳川家の出。愚かな所業、お詫び申し上げます」

神尾は、京之介に頭を下げて詫びた。

香寿院と天光の拘わりを知っている……。

京之介は気付いた。

「いや。神尾どのに詫びていただく筋合いはありません」

京之介は笑った。

「左どの、私で役に立つ事があれば、何なりと仰って下され」

「神尾どの……」

京之介は、神尾を信じて良いのか迷った。

「左どの……」

神尾は、京之介に真摯《しんし》な眼差しを向けた。

京之介は、神尾を信じる事にした。

「ならば神尾どの、此度の一件に水戸徳川家が口出ししないようにしてはいただけませんか」

京之介は頼んだ。

神尾は、京之介が暇を出されて浪人になった今でも、汐崎藩を水戸徳川家から守ろうとしているのを知った。

「分かりました。どれだけ役に立てるか約束は出来ぬが、出来る限りの事はしよう」

神尾は約束した。

「忝い……」

京之介は、手をついて礼を述べた。

窓の外には、鷗が甲高い声で鳴きながら飛び交い、江戸湊には千石船が白い帆を輝かせて行くのが見えた。


宗方道斎は、千代丸に薬を飲ませて頭を冷やした。

千代丸の熱は、僅かだが下がった。

道斎は、小さな吐息を洩らした。

「先生……」

佐助は、道斎を窺った。

「喜べ佐助、僅かだが熱が下がったぞ」

道斎は、微かな安堵を滲ませた。

「本当ですか……」

佐助は声を弾ませた。

「うむ……」

「じゃあ、千代丸さまの命は……」

「このまま熱が下がり続ければ、おそらく助かる……」

「良かった。良かったですね」

佐助は喜んだ。

「いや。喜ぶのは未だ早い。命が助かっても病が治るとは限らぬ」

道斎は、厳しさを過ぎらせた。

「先生……」

佐助は戸惑った。

「長く続いた熱が、心や身体に災いを残すかもしれぬのだ」

「そんな……」

「ま、今はそうならないのを祈るしかない」

「はい……」

「佐助、すまぬが半刻程、千代丸さまを看ていてくれぬか、私は少し休む」

道斎は、疲れた面持ちで佐助に頼んだ。

「心得ました。どうぞ……」

佐助は頷いた。

愛宕下大名小路は夕陽に染まっていた。

京之介は、小石川の水戸藩江戸上屋敷に帰る神尾を見送り、向島の寮に戻る事にした。

途中、汐崎藩江戸上屋敷の様子を見ていくか……。

京之介は、東海道から大横丁《おおよこちょう》に入り、愛宕下大名小路に進んだ。

大名小路の左右には大名屋敷が並び、汐崎藩江戸上屋敷もある。

京之介は、塗笠を目深に被って進んだ。

汐崎藩江戸上屋敷の土塀の陰に托鉢《たくはつ》坊主が佇んでいた。

見張っている……。

京之介の勘が囁いた。

托鉢坊主は、汐崎藩江戸上屋敷を見張っているのだ。

京之介は、物陰に潜んで托鉢坊主を窺った。

托鉢坊主は天光の配下……。

京之介は睨んだ。

僅かな刻が過ぎ、汐崎藩江戸上屋敷の潜り戸から塗笠を被った武士が現れ、大名小路を幸橋《さいわいばし》御門前の久保丁原《くぼちょうはら》に向かった。

托鉢坊主は、塀の陰から出て武士を尾行た。

京之介は、武士を尾行る托鉢坊主を追った。


狙いは近習頭の兵藤内蔵助……。

武士は、汐崎藩近習頭の兵藤内蔵助だった。

〝近習〟とは、主君の側近くに仕える者であり、〝近習頭〟はその頭だった。

兵藤内蔵助は、千代丸が藩主の座に就いた時に近習頭に抜擢された。だが、兵藤内蔵助は、名ばかりの近習頭だった。

幼い千代丸は、近習頭の兵藤より母親の香寿院や広敷用人の高岡主水を頼った。

兵藤内蔵助は、そうした千代丸の近習頭であり、余り当てにされず目立たなかった。そして、兵藤も自ら前に出るのを好まず、その影は薄かった。

京之介とも拘わりが薄く、どのような人柄かよく知らなかった。しかし、江戸家老の梶原頼母が近習頭に抜擢したからには、それなりの者に違いない。

京之介は、充分な距離を取って兵藤と托鉢坊主を追った。

日は暮れていく。

兵藤内蔵助は、久保丁原に出て外濠沿いを西に曲った。
托鉢坊主は続いた。
京之介は、兵藤を尾行る者が托鉢坊主一人ではないのに気付いた。
兵藤は、外濠沿いを落ち着いた足取りで西に向かっていた。
その先には肥前国佐賀藩の江戸中屋敷があり、溜池や馬場がある。
気付いている……。
兵藤は、托鉢坊主の尾行に気付いて溜池に誘っているのだ。
京之介は睨み、微かな緊張を覚えた。
兵藤は、佐賀藩江戸中屋敷脇の葵《あおい》坂を下り、溜池の馬場に入って行った。
尾行していた托鉢坊主は、追って溜池の馬場に入った。
数人の托鉢坊主が現れた。
京之介は見定めた。
日は暮れて大禍時《おおまがとき》が訪れた。

溜池の馬場は、大禍時の青黒さに覆われた。

兵藤内蔵助は、振り返って塗笠を取った。

「拙者に用か……」

兵藤は、馬場の休息所を見据えた。

尾行て来た托鉢坊主が、休息所の陰から出て来た。

「天慶寺の坊主だな」

兵藤は、托鉢坊主の素性を見抜いた。

「何処に行く」

托鉢坊主は兵藤を見据えた。

「その方に教える謂《いわ》れはない」

兵藤は突っぱねた。

「ならば、千代丸君は何処にいる」

托鉢坊主は訊いた。

「何……」

兵藤は眉をひそめた。

「千代丸さまは奥御殿の寝間で病と闘っている筈。それを訊いて来るとは……」

「黙れ……」

托鉢坊主は、錫杖《しやくじよう》を唸らせて兵藤に襲い掛かった。

兵藤は、背後に跳んで躱して刀を抜いた。

「千代丸さま、いなくなられたのか……」

千代丸がいなくなり、天光が配下の坊主たちに行方を追わせているのか……。

兵藤は読み、混乱した。

托鉢坊主は、錫杖に仕込んだ直刀を抜いて兵藤に斬り掛かった。

兵藤は、刀を横薙ぎに一閃して托鉢坊主の直刀を払った。

托鉢坊主はよろめいた。

兵藤は、その隙を逃さず袈裟懸けの一刀を放った。

托鉢坊主は、胸元から血を飛ばして倒れた。

数人の托鉢坊主が現れ、猛然と兵藤に襲い掛かった。

兵藤は闘った。

托鉢坊主たちは、兵藤に間断なく斬り掛かった。

兵藤は、息つく暇もなく斬り結んだ。だが、多勢に無勢だ。次第に追い詰められて手傷を負い、着物に血を滲ませ始めた。

近習頭の兵藤内蔵助は、天光に籠絡されてはいない……。

京之介は睨み、塗笠を目深に被り直して暗がりを出た。そして、兵藤に斬り付けている托鉢坊主たちの背後に迫った。

托鉢坊主の一人が、京之介に気付いて振り返った。

京之介は、霞左文字を抜き打ちに一閃した。

托鉢坊主は胸元を斬り上げられ、饅頭笠を飛ばして倒れた。

残る托鉢坊主たちは驚き、怯んだ。

兵藤は、托鉢坊主が怯んだ隙を逃さず、猛然と斬り掛かった。

托鉢坊主の一人が腹を斬られて倒れた。

残る二人の托鉢坊主は、慌てて逃げようとした。だが、京之介は許さなかった。

京之介は、逃げる二人の托鉢坊主に追い縋り、霞左文字を煌めかせた。

二人の托鉢坊主は、首の血脈を刎《は》ね斬られ血を振り撒いて倒れ込んだ。

京之介は、二人の托鉢坊主の死を見定めて霞左文字に拭いを掛けた。

「御助勢、忝い。御貴殿は……」

兵藤は、京之介に声を掛けて来た。

「千代丸さまは御無事。騒ぎ立てずに天光たちの動きを……」

京之介は、兵藤に短く告げて馬場の出入口に向かった。

「待ってくれ……」

兵藤は慌てた。

京之介は、構わず馬場を後にして夜の闇に消え去った。


天光と竜全は、千代丸失踪に家中の者が拘わっていると睨み、その疑いのある者に見張りを付けた。そして、千代丸の許に行くのを見定めようとしている。その疑いのある者の一人に、近習頭の兵藤内蔵助がいたのだ。

京之介は読んだ。

天光と竜全は、兵藤の他の者にも見張りを付けている筈だ。

それは江戸家老の梶原頼母や広敷用人の高岡主水なのか……。

何れにしろ、天光と竜全は千代丸を取り戻そうと躍起になっているのだ。

そうはさせるか……。

京之介は、不敵な笑みを浮かべた。

今迄、香寿院と千代丸を人質にされ、手出しは難しかった。だが、千代丸を押さえた限り、尻尾を巻いている必要はない。

京之介は、千代丸の一刻も早い病の回復を願い、夜道を向島に急いだ。


熱は日毎《ごと》に下がり、千代丸は意識を取り戻した。

「眼を覚まされましたか……」

藩医の宗方道斎は、顔を綻《ほころ》ばせて安堵した。

千代丸は、自分を覗き込んでいる道斎と京之介を見比べた。そして、香寿院や松風がいないのに気付いた。

「母上は……」

千代丸は、不安そうに香寿院を捜した。

「此処にはおいでになりませぬ」

道斎は、落ち着かせるように告げた。

「何処だ。母上は何処にいる」

千代丸は、蒲団から起き上がろうとした。だが、漸く熱が下がり、意識を取り戻したばかりの千代丸は立ち上がる事が出来なかった。

道斎は、千代丸を寝かせた。

「千代丸さま、長い間出ていた熱が漸く下がったのです。未だ動いてはなりませぬ」

道斎は云い聞かせた。

「ならば、母上を呼べ……」

千代丸は、嗄れた声で喚いた。

「千代丸さま、此処は貴方さまの病を治す処にございます。ですから、御母上の香寿院さまはおいでになりません」

京之介は、千代丸を見据えた。

「そなたは……」

千代丸は、京之介を睨んだ。

「元御刀番の左京之介にございます」

京之介は、千代丸が堀田家の家督《かとく》を継いで将軍家に御目通りする時、丹波守吉房《たんばのかみよしふさ》の短刀を持たせた。その時以来、京之介は千代丸と何度か逢っていた。

「そうだ。そなたは御刀番の左京之介だ」

千代丸は、京之介を思い出した。

「はい。千代丸さま、貴方さまの病は未だ治っておりません。そして、病を御母上の香寿院さまにうつしてはなりませぬ。それが分からぬ虚《うつ》け者ではありませんな」

「う、うん……」

千代丸は頷いた。

「ですから、病が完全に治る迄、此処で養生をしなければなりません。さもなければ、香寿院さまも病で苦しまれる事になります。それでも良いのですか……」

「嫌だ……」

千代丸は、母親の香寿院が病で苦しむと聞き、半泣きで首を横に振った。

「ならば、千代丸さまは此処でしっかりと病を治しましょう。良いですね」

京之介は云い聞かせた。

「うん……」

千代丸は、今にも泣き出しそうな顔で頷いた。

幼い身で父親の宗憲を失った千代丸にとり、母親の香寿院は大きな存在なのだ。

京之介は知った。しかし、その香寿院は汐崎藩の獅子身中《しししんちゅう》の虫《むし》なのだ。

幼い子のために母親を助けるか、それとも汐崎藩の藩主のために獅子身中の虫を倒すか……。

京之介は、幼い千代丸を哀れまずにはいられなかった。

第三章　暗闘の行方

一

近習頭兵藤内蔵助を見張っていた配下の坊主たちが消えた。

「近習頭の兵藤内蔵助か……」

天光は戸惑った。

「はい。して天光さま、兵藤は……」

「相変わらず用もないのに用部屋に詰めているそうだ」

天光は眉をひそめた。

「変わった動きはございませぬか……」

竜全は、天光に厳しい眼を向けた。

「うむ……」

「兵藤内蔵助、剣の方は……」

竜全は、天光に尋ねた。

「剣は若い頃に学んだそうだが、格別どうという話は聞かぬ」

「ならば、配下の者どもを始末する程の剣の遣い手とは……」

「思えぬ」

「そうですか……」

ならば、消えた配下の坊主たちはどうしたのだ……。

竜全の困惑は募った。

「して竜全、他の者はどうなのだ」

「いまのところ、江戸家老の梶原や広敷用人の高岡に不審な動きはございませぬ」

竜全は、配下の坊主たちが汐崎藩の主だった家臣を見張った結果を報せた。

「妙な動きをしている者はおらぬか……」

天光は、吐息を洩らした。

「天光さま、やはり近習頭の兵藤内蔵助を……」

竜全は、近習頭の兵藤内蔵助が気になった。

「うむ……」

天光は、近習頭の兵藤内蔵助を詳しく探る事に頷いた。

「天光さま、御祈禱の刻限にございます」

若い坊主がやって来た。

「うむ。では竜全、何事もよしなにな」

天光は、竜全に云い残して祈禱所に立ち去った。

竜全は、平伏して見送った。

祈禱所に天光の経が響き、千代丸の病平癒を願った祈禱が始まった。

千代丸がいなくなってからの祈禱は、千代丸に変わりのないのを装うものだ。

天光と香寿院の祈禱が続いている限り、千代丸の病は治っておらず、奥御殿の寝所にいるのだ。

汐崎藩江戸上屋敷の者はそう思い、千代丸が姿を見せない事に不審を抱かぬ筈だ。

一刻も早く千代丸の居場所を突き止めなければならない。

竜全は、微かな焦りを覚えた。

近習頭の兵藤内蔵助……。

楓は天井裏に忍び、天光と竜全が兵藤に的を絞ったのを知った。

兵藤には申し訳ないが、これで千代丸と京之介は暫く平穏に暮らせる筈だ。

楓は、天光と竜全を嗤《わら》った。


天光の読む経は、不気味な抑揚《よくよう》をもって響いていた。

「千代丸さまは御無事。騒ぎ立てずに天光たちの動きを……」

近習頭の兵藤内蔵助は、溜池の馬場に現れた塗笠を被った武士の言葉を思い出していた。

千代丸は、奥御殿からいなくなった。

天光は、その行方を摑むために配下の坊主に私を見張らせた。そして、塗笠を被った武士が現れ、私に襲い掛かる天光配下の坊主たちを斬り棄てた。

千代丸を奥御殿から連れ出したのは、塗笠を被った武士なのだ。だが、おそらく天光は、坊主たちが戻らないのをみて、私が千代丸を連れ去ったと睨んだ筈だ。そして、これからも千代丸さまの居場所を摑もうと、私を見張り続けるのだ。

兵藤は、一連の流れを推し測った。

千代丸さまの病が治り、汐崎藩が安泰になるのなら、天光たちを惑わす囮《おとり》になるのも面白い……。

兵藤は、不敵に嗤った。

それにしても、千代丸を連れ去った塗笠を被った武士は誰なのだ。

兵藤は、塗笠の武士の声や身のこなし、剣の腕を思い出し、何者か割り出そうとした。

何《いず》れにしろ、汐崎藩と何らかの拘わりがある者に相違ないのだ。

梶原さまなら知っているのかもしれない……。

兵藤は、蟄居を命じられている江戸家老の梶原頼母の老顔を思い出した。

だが、下手には動けぬ……。

己に付けられている筈の見張り、いるかもしれない天光に通じている家中の者、警戒しなければならない事は幾らでもある。

兵藤は、慎重に動く事にした。

向島の田畑の緑は陽差しに輝いた。

千代丸の熱は漸く下がった。だが、熱に痛め付けられた八歳の身体は容易に回復しなかった。

宗方道斎は、千代丸に精の付く薬湯を飲ませていた。そして、必要な薬を取りに汐崎藩江戸上屋敷に出掛けていた。


千代丸は蒲団に身を起こし、庭に焦点の定まらぬ眼を向けていた。

手の付けられていない粥は、傍らで冷たくなっていた。

「千代丸さま……」

京之介がやって来た。

千代丸は、京之介を見て頭から蒲団を被った。

京之介は苦笑し、手の付けられていない粥を一瞥した。

「千代丸さま、御母上さまの許にお戻りになりたければ、食べるものを食べて一刻も早く病を治すのです」

「食べれば病は治るのか……」

「左様、食べるものを食べて精を付け、身体を強くして病を追い出すのです」

「粥は嫌いだ」

千代丸は、蒲団を被ったまま叫んだ。

「千代丸さま、武士は己の身体を強くするのに好き嫌いを申さず、我慢するものです」

「武士は我慢するのか……」

「左様。そして、他人から嘲りや蔑み、そして侮りを受けぬようにするのです」

「お父上もしたのか……」

千代丸は訊いた。

「えっ……」

京之介は、千代丸の不意の問いに戸惑った。

「京之介、お父上も我慢をしたのか……」

千代丸は、蒲団の上に起き上がった。

「お父上の宗憲さまにございますか……」

「そうだ。お父上も我慢をしたのか」

千代丸は、死んだ父親の宗憲の事を訊いてきた。そこには、幼くして父親を亡くした男の子の尽きぬ興味と淋しさがあった。

「左様にございます。宗憲さまもいろいろ我慢をされましたぞ」

「どんな我慢だ」

「御公儀の無理難題や岳父《がくふ》水戸さまの差し出口などを……」

京之介は、宗憲の生前の苦闘を思い出した。

宗憲は、癇《かん》が強い上に僻《ひが》みっぽく、我儘《わがまま》な男だった。だが、武士としての意地と矜持《きょうじ》は持っていた。毒を盛られた宗憲は、一命を取り留めたが寝たきりとなり、藩主の座を失った。そして、最後の力を振り絞って水戸徳川家を窮地に陥れる陰謀を巡らした。だが、陰謀は失敗し、宗憲は潔く腹を切って果てた。

「お父上は我慢をしたのか……」

「はい。宗憲さまは我慢をされて堪え、最期は潔くお果てになられました」

「そうか、お父上は我慢したのか……」

千代丸は、感心したように頷いた。

「はい」

「京之介、お父上は刀が好きだったのか……」

「はい。堀田家御先祖の皆さまは無類《むるい》の刀好きで、名のある刀を幾振りも集められておりますが、宗憲さまは格別お好きでした。何方《どなた》かにお聞きになりましたか……」

「うん。梶原の爺いから聞いた」

「ほう、御家老から……」

「うん。梶原の爺いは、汐崎藩や堀田家の事を話してくれる」

江戸家老の梶原頼母は、時があれば幼い千代丸に汐崎藩の歴史や先祖について千代丸に教えているのだ。

京之介は、千代丸を立派な藩主に育てようとしている梶原頼母の忠義を知った。

「そうか。お父上は刀が好きだったのか……」

千代丸は声を弾ませた。

「千代丸さまは如何ですか……」

「好きだけど……」

千代丸は、躊躇いと怯えを窺わせた。

「好きだけど、如何されました」

京之介は眉をひそめた。

「怖い……」

千代丸は、恐ろしそうに身震いした。

「ほう。刀は怖いですか……」

京之介は微笑んだ。

「うん。刀は光って綺麗だけど、怖い……」

千代丸は、恥ずかしそうに告げた。

「そうです。刀は身を護るものですが、人を斬る道具でもあり、恐ろしくて怖いと思って当たり前なのです」

「恐ろしくて怖いと思っていいのか……」

千代丸は戸惑った。

「はい。そして、剣を修業し、刀の正しい使い方を知れば、恐ろしくも怖くもなくなりますぞ」

京之介は、笑顔で励ました。

「修業をすれば怖くなくなるのか」

千代丸は眼を輝かせた。

「はい。何事もこれからです」

「うん……」

千代丸は頷いた。

「京之介さま……」

佐助が戸口にやって来た。

「どうした」

「雑炊《ぞうすい》が出来ましたが……」

「おう……」

「佐助、雑炊とは何だ」

千代丸は、佐助に訊いた。

「は、はい……」

佐助は、京之介を窺った。

「構わぬ……」

京之介は、笑みを浮かべて直答《じきとう》を促した。

「はい。千代丸さま、雑炊とは葱《ねぎ》や大根などの残り野菜を刻んで入れ、味を付けた粥にございます」

佐助は、平伏して直答した。

「余も食べる」

千代丸は告げた。

「えっ……」

佐助は戸惑った。

「佐助、余にも雑炊をくれ」

千代丸は、雑炊を食べたがった。

「京之介さま……」

佐助は、京之介の指示を仰いだ。

「ならば千代丸さま、皆で雑炊を食べますか」

「皆で……」

千代丸は、一人で食事をする事が多く、皆で賑やかに鍋を囲んだ経験などはなかった。

「はい。千代丸さまと、私と佐助の三人で賑やかに……」

「うん……」

千代丸は、初めての経験に眼を輝かせた。

「ならば佐助、雑炊を鍋ごと此処に持って来い、我らも相伴《しょうばん》するぞ」

「心得ました」

佐助は、雑炊の鍋と椀や箸を持ってきた。

雑炊の鍋は、美味そうな香りと温かい湯気を漂わせていた。

「これが雑炊か……」

千代丸は眼を丸くした。

「はい。佐助……」

佐助は、椀に雑炊を盛って千代丸に差し出した。そして、京之介と自分の雑炊も仕度した。

「ならば、いただきましょう」

「うん」

千代丸は、京之介を真似て椀と箸を取った。

「熱いのでお気を付け下さい」

京之介は、雑炊を食べ始めた。

千代丸は、京之介を真似て雑炊を食べた。

「美味《おい》しい……」

千代丸は、眼を瞠って喉を鳴らした。

「それは良かった」

京之介は笑った。

佐助の作った雑炊は、確かに美味《うま》かった。

「雑炊、佐助が作ったのか……」

「は、はい……」

「雑炊の名人だな」

千代丸は感心した。

「お、畏れいります」

佐助は恐縮した。

千代丸は、盛大な音を立てて美味そうに雑炊をすすった。

京之介は苦笑した。


近習頭の兵藤内蔵助に動きはない。

竜全は、坊主頭の竜海《りゅうかい》の報告を受けた。

兵藤は、見張りの存在を知って慎重になっている。

竜全は読んだ。

「他に変わった事はないか……」

「今の処、取立てて妙な事はありません。藩医の宗方道斎が、何処からか戻って来たぐらいですか……」

竜海は告げた。

「宗方道斎……」

竜全は眉をひそめた。

藩医の宗方道斎は、天光の祈禱に反対して香寿院の怒りに触れ、千代丸から遠ざけられていた。

その道斎が出掛けていて戻った。

何処に行っていたのだ……。

竜全は気になった。

「竜海、宗方道斎にも見張りを付けろ」

「宗方道斎にですか……」

「うむ……」

「承知しました」

竜海は頷いた。

竜全は、藩医の宗方道斎を気に留めていなかった己に腹立たしさを覚えた。

藩医の宗方道斎は、千代丸の体力回復に必要な薬草を取りに汐崎藩江戸上屋敷内にある自宅に戻った。

上屋敷内の殆どの者は千代丸失踪に気付いておらず、病からの早い回復を願っていた。

道斎は、千代丸の治療に必要な薬草を持って上屋敷を出た。

向かい側の大名屋敷の路地にいた半纏を着た富吉が、背後にいた托鉢坊主に目配せをして道斎を追った。

道斎は、竜全配下の富吉と托鉢坊主に尾行されているのに気付かず、大名小路を幸橋御門前の久保丁原に向かった。


夕暮れ時が近付いた。

千代丸は、京之介や佐助と楽しく雑炊を食べて昼寝をした。

「千代丸さま、随分と良くなりましたね」

佐助は、片付けを終えて囲炉裏端《いろり》にいる京之介に茶を淹れた。

「うむ。どうやら道斎どのが心配していた事はないようだ」

宗方道斎は、幼い千代丸に続いた高熱が心や身体に悪い結果を残すのを恐れた。

しかし、今日の千代丸を見ている限り、その心配は窺えなかった。

「はい……」

佐助は頷いた。

庭先に夕陽が差し込んだ。

「そろそろ、道斎どのが戻られる頃だな」

「はい。竹屋ノ渡辺り迄、見に行ってみますか……」

佐助は眉をひそめた。

「うむ。見定めて来てくれ……」

京之介は命じた。

「はい。では……」

佐助は、宗方道斎を迎えに行った。

京之介は、厳しい面持ちで見送った。


隅田川の流れは夕陽を浴びて煌めいていた。

吾妻橋を渡った宗方道斎は、源森《げんもり》橋から水戸藩江戸下屋敷の前を通った。

半纏を着た富吉は、托鉢坊主と何度か入れ替わりながら慎重に道斎を尾行た。そして、吾妻橋を渡った処で托鉢坊主と入れ替わり、後方に下がった。

道斎は、向島の土手道を進んだ。

「何処迄行くんだ……」

托鉢坊主と富吉は、道斎を追った。


佐助は、竹屋ノ渡し場から土手道を見張っていた。

宗方道斎が来るのが見えた。

道斎先生だ……。

佐助は、宗方道斎の背後を窺った。

背後に托鉢坊主の姿が見えた。

天慶寺の坊主か……。

佐助は緊張し、托鉢坊主が道斎を尾行る天慶寺の坊主かどうか見定める事にした。

道斎は、佐助に気が付かずに竹屋ノ渡の前を通って行った。

佐助は見送り、托鉢坊主の通るのを待った。

托鉢坊主は、道斎を追って竹屋ノ渡の前を通り抜けた。

佐助は、他に托鉢坊主がいないのを見定めて土手道にあがった。

道斎は、長命寺の手前に流れる小川沿いの道に曲った。
托鉢坊主は続いた。
道斎を尾行る天慶寺の坊主に間違いない……。
佐助は見定めた。

あの野郎……。
富吉は、竹屋ノ渡から現れて托鉢坊主を追った男に見覚えがあった。
天慶寺の庫裏を窺い、得体の知れぬ侍と寺侍の柴田を死なせた野郎……。
富吉は気付き、充分な距離を取って続いた。

道斎は、小川沿いの道を進んだ。
托鉢坊主は尾行た。
此のままでは寮が知られてしまう。
佐助は恐れた。
殺《や》るしかない……。

佐助は、懐の萬力鎖を握り締めた。

生垣に囲まれた寮が行く手に見えた。

道斎は、寮に向かって足取りを速めた。

托鉢坊主は立ち止まった。

気付かれた……。

佐助は、萬力鎖を握り締めて托鉢坊主の背後に忍び寄った。そして、萬力鎖を托鉢坊主の首に巻き付けて絞めた。

托鉢坊主は、仰《の》け反《ぞ》って苦しく呻いた。

佐助は絞めあげた。

萬力鎖の鎖が托鉢坊主の喉仏に食い込み、骨の折れる鈍い音がした。

托鉢坊主は、力なく項垂《うなだ》れて息絶えた。

佐助は、托鉢坊主の死体を小川に蹴り落とした。

水飛沫が夕陽に煌めき、托鉢坊主の死体は小川の流れに乗った。

佐助は辺りを窺い、不審な者のいないのを見定めて寮に駆け込んだ。

富吉は、田畑の緑の中から見届けた。

二

寮に戻った宗方道斎は、千代丸に挨拶をして診察を始めた。

「京之介さま……」

佐助は遅れて戻り、京之介を呼んだ。

京之介は、遅れて戻って来た佐助に異変を感じていた。

何もなければ、佐助は宗方道斎と一緒に帰って来た筈だ。だが、佐助は遅れて帰って来たのだ。

「何があった……」

「托鉢坊主が道斎先生を……」

佐助は、微かな昂《たか》ぶりを残していた。

「尾行て来たか……」

「はい。で、始末しました」

佐助は、昂ぶりを残した顔で尾行て来た托鉢坊主を殺した事を告げた。

「そうか。御苦労だったな」

京之介は労《ねぎら》った。

「ですが、尾行て来たのは、始末した托鉢坊主だけではなかったかもしれません」

佐助は、微かな不安を過ぎらせた。

「そうか……」

「はい……」

佐助は、人を殺した事に昂ぶって見定められなかった己を恥じた。

「佐助、船着場に船はあるな」

「猪牙《ちょき》が……」

「よし。万一の備えをな」

京之介は命じた。


「向島だと……」

竜全は眉をひそめた。

「はい。宗方道斎、向島は寺嶋《てらじま》村にある寮に行ったそうです」

竜海は、戻って来た富吉から報された事を竜全に告げた。

「千代丸はその向島の寮にいるのか……」

「尾行て行った坊主が、柴田を死なせた男に殺されました。おそらく間違いないものかと思います」

竜海は、薄笑いを浮かべた。

「ならば……」

「今夜、襲ってみます」

「うむ……」

「して、千代丸さまがいた時は……」

竜海は、竜全の指示を仰いだ。

「連れ戻せ……」

竜全は命じた。

「連れ戻す……」

竜海は眉をひそめた。

「ま、手に余れば容赦は無用……」

竜全は、冷酷な笑みを浮かべた。

「承知しました」

竜海は、嬉しげに頷いた。


雑炊の鍋からは湯気が立ち昇った。

千代丸は、京之介、佐助、宗方道斎と囲炉裏に掛かる雑炊の鍋を囲んだ。

「そうですか、千代丸さまは雑炊がお気に入りですか……」

道斎は笑った。

「うん。佐助の雑炊、凄く美味しいぞ」

千代丸は、晩飯に佐助の雑炊を望んだ。

「良いでしょう」

京之介は苦笑し、晩飯を雑炊にした。

佐助は、張り切って腕を振るった。

千代丸は、出来たての雑炊を美味そうに食べた。

京之介、佐助、道斎たちも相伴した。

「佐助、お代わりだ」

千代丸は、空になった椀を佐助に差し出した。

「千代丸さま、大盛りにしますか……」

佐助は尋ねた。

「大盛りとは何だ」

「普通より、多く盛り付けるのですが……」

「うん。大盛りだ」

千代丸は喜んだ。

「千代丸さまの御快復《かいふく》、思いの外に早いのかもしれませんぞ」

道斎は、雑炊を食べる千代丸を眺め、京之介に嬉しげに告げた。

「はい……」

京之介は頷いた。

囲炉裏端での夕餉は賑やかに進んだ。

竜海は、富吉を従えて向島に向かった。

襲撃する配下は、竜海が自ら選んだ手練れの坊主たちであり、向島の竹屋ノ渡で落ち合う手筈だ。

竜海と富吉は、夜道を急いだ。


向島の寮は月明かりに覆われていた。

千代丸は腹一杯に雑炊を食べ、道斎の処方した精を付ける煎じ薬を飲んで眠りに就いた。

京之介は、霞左文字を抱えて千代丸の眠る奥座敷の縁側に座っていた。

宗方道斎は、千代丸の眠る奥座敷の次の間に詰めていた。

佐助は、寮の外に出て月明かりに浮かぶ小川沿いの道を見張った。

敵は、小川沿いの道を来ると決まっている訳ではない。

寮の周囲には田畑が広がっている。

敵は、田畑の何処から現れても不思議ではない。

佐助は、寮の周りを見廻った。

長命寺の鐘が夜空に鳴り響いた。
亥《い》の刻四つ（午後十時）だ。
佐助は、寮の周囲を警戒した。
月明かりは田畑の緑を浮かべ、小川の流れを輝かせていた。
今のところ、妙な事はない……。
佐助は、小川沿いの道を透かし見た。
道の奥に人影が浮かんだ。
佐助は、眼を凝《こ》らした。
人影は、饅頭笠を被った托鉢坊主で錫杖をついてやって来る。
佐助は見詰めた。
托鉢坊主は一人であり、他に人影はない。
天光配下の坊主ではないのか……。
佐助は戸惑った。
托鉢坊主はやって来る。
錫杖の鐶《かん》の音はない。

佐助は気付いた。

天光配下の坊主か……。

佐助は、托鉢坊主の錫杖の鐶が鳴らないのに気が付いたのだ。

錫杖に鐶がないのか、鳴らないようにしているのか……。

何れにしろ、普通の托鉢坊主のする事ではない。

佐助は、やって来る托鉢坊主が天光配下の坊主だと見定めた。


庭先に人の気配がした。

京之介は、霞左文字を握り締めた。

「京之介さま……」

佐助が庭先に現れた。

「やはり来たか……」

「はい。道を来るのは托鉢坊主一人、他からも来るのでしょう」

「心得た。道斎どのに報せろ」

「はい……」

佐助は、次の間に向かった。

京之介は、厳しい面持ちで立ち上がり、霞左文字を腰に差した。

殺気が湧いた。

来た……。

京之介は身構えた。

竜海が庭先に現れた。

「夜更けに何用だ。坊主……」

京之介は、蔑むように見据えた。

「千代丸を渡して貰おう」

竜海は、京之介の蔑みに微かな怒りを過ぎらせた。

「坊主、此処にお前たちが相手にする死人はおらぬぞ」

京之介は、尚も蔑み嘲笑った。

托鉢坊主たちが現れ、錫杖に仕込んだ直刀を抜いた。

刹那、別の托鉢坊主が縁側の横手から京之介に斬り掛かった。

京之介は、霞左文字を抜き打ちに鋭く斬り下げた。

托鉢坊主は、饅頭笠ごと頭を真っ二つに斬られて倒れた。

見事な左霞流据物《すえもの》斬りの一刀だった。

竜海は僅かに怯んだ。

托鉢坊主たちは、仲間を斬った京之介に猛然と襲い掛かった。

京之介は、霞左文字を閃かせて托鉢坊主の脚の筋や刀を握る手の指を刎ね斬った。

多勢の敵と斬り合う時は、僅かな力で相手の戦力を奪うのが肝要だ。

得物を握る事が出来ず、動く事も叶わない状態にすれば充分なのだ。

最小の力で最大の効果をあげる……。

京之介は、霞左文字を閃かせて托鉢坊主を次々に倒した。だが、托鉢坊主の攻撃は途絶える事がなかった。

奥座敷の障子は赤い血で染まった。


托鉢坊主たちは、寮の戸口や裏手からも攻撃を始めた。

佐助と道斎は、托鉢坊主が千代丸のいる奥座敷に入るのを防ごうと必死に闘った。

しかし、一人の托鉢坊主が奥座敷に踏み込んだ。

「京之介……」

千代丸が助けを求めた。

托鉢坊主は、奥座敷の隅に逃げた千代丸を捕まえようとした。

刹那、駆け付けた京之介が、千代丸を捕まえようとした托鉢坊主を斬り棄てた。

「千代丸さま……」

京之介は、千代丸を後ろ手に庇《かば》った。

千代丸は、震える手で京之介に縋り付いた。

「斬り抜けます。離れてはなりませぬぞ」

「うん……」

千代丸は、激しく震えながら頷いた。

京之介は、庭にいる竜海たち托鉢坊主に向かって進んだ。

「斬れ。構わぬ、二人諸共斬り棄てい」

竜海は怒鳴った。

托鉢坊主たちは、直刀を翳して京之介と千代丸に殺到した。

京之介は、千代丸を後ろ手に庇って霞左文字を閃かせた。

肉を斬る音が響き、血が飛んだ。

千代丸は、飛んだ血に濡れた。

京之介は千代丸を伴い、托鉢坊主を斬り棄てながら庭に降りた。

佐助と道斎は、それぞれが斬り抜ける筈だ。

京之介は、千代丸を伴って進んだ。

竜海が立ちはだかった。

「おぬし、元汐崎藩御刀番左京之介だな」

竜海は、千代丸が〝京之介〟と叫んだのを聞き逃さなかった。そして、〝京之介〟が元汐崎藩御刀番左京之介だと読んだ。

「ならばどうする……」

京之介は、不敵な笑みを浮かべた。

「斬る……」

竜海は、直刀で鋭く斬り掛かった。

京之介は、竜海の斬り込みを身体を開いて躱し、霞左文字を鋭く斬り下げた。

金属音が甲高く鳴り、竜海の直刀の刀身が二つに斬り飛ばされた。

霞左文字の恐ろしい程の斬れ味だった。

竜海と托鉢坊主たちは怯んだ。

京之介はその隙を衝き、千代丸を横抱きにして庭を走り出た。

「追え、追って斬り棄てろ」

竜海は叫んだ。

托鉢坊主たちは、京之介の剣の腕と霞左文字の斬れ味に怯み、躊躇いながら追った。

京之介は、千代丸を横抱きにして船着場に駆け下りた。そして、繋いであった猪牙舟に飛び乗り、舫い綱を斬った。

猪牙舟は船着場を離れ、揺れながら小川の流れに乗った。

京之介は、千代丸を猪牙舟の船底に伏せさせて筵《むしろ》を被せた。

「暫くの辛抱です」

京之介は、千代丸に囁いた。

千代丸は、激しく震えていた。
托鉢坊主たちが寮から駆け出して来た。
京之介は伏せた。
托鉢坊主たちは、小川沿いの道や辺りに京之介と千代丸を捜した。
猪牙舟は、小川の流れに乗って音もなく進んだ。
托鉢坊主たちは、流れて行く猪牙舟に気付かなかった。
猪牙舟は、流れに乗って寮から遠ざかった。
どうやら斬り抜けた……。
京之介は息を整えた。
佐助と道斎は斬り抜けられたのか……。
京之介は、佐助と道斎の無事を祈った。そして、千代丸に被せていた筵を取った。
千代丸は、眼を瞠って激しく震えていた。
「千代丸さま……」
京之介は囁いた。
千代丸は、驚いたように京之介を見た。

「どうしました……」

京之介は戸惑った。

千代丸は、恐怖に頬を引き攣らせて後退《あとずさ》りをした。

「千代丸さま……」

京之介は、千代丸が凄惨な斬り合いを見て激しい衝撃を受けたのに気付いた。

千代丸は、船底の隅で膝を抱えてすすり泣き始めた。

京之介は、千代丸を痛ましく見守った。

千代丸は、未だ八歳の子供だ。

刃が煌めき、怒号《どごう》があがり、血が飛び散る斬り合いは、八歳の子供には恐ろしすぎる光景だったに違いない。

千代丸は、そうした光景の中に僅かな刻だが、身を曝《さら》したのだ。

その恐怖はどれ程のものだったか……。

京之介は、千代丸を哀れんだ。

猪牙舟は流れに乗って進み、大きく揺れながら隅田川に出た。

楓は、天井裏から座敷を覗いた。

座敷の燭台には火が灯されていた。

天光と竜全が密談をしていた。

「元御刀番の左京之介……」

天光は眉をひそめた。

「はい。千代丸を連れ去ったのが、香寿院さまに暇を取らされた左京之介だったとは……」

竜全は、戻って来た竜海から報された事実に苦笑した。

「して、千代丸は如何致した」

「左に護られて逃げたそうです」

「おのれ、左京之介。竜全、竜海は何をしていたのだ」

天光は苛立った。

「左京之介、驚く程の遣い手。敵の刀を握る手の指や脚の腱を斬って闘う力を奪う。竜海など足元にも及ばぬ、斬り合いに慣れている者かと……」

竜全は、京之介の巧妙な闘いぶりを読んだ。

「おのれ、左京之介。して竜全、左と千代丸が何処に逃げたか分かっているのか……」

「いいえ。ですが、近習頭の兵藤内蔵助が知っている筈です」

竜全は、眼を鋭く光らせた。

「近習頭の兵藤内蔵助か……」

天光は戸惑った。

「兵藤内蔵助は、見張っていた配下の者どもを誘き出して殺した。それは、我らの鉾先《ほこさき》を己に向けようとしての所業かと……」

「何故に……」

「おそらく、我らの鉾先を己に向け、その間に左と藩医の宗方道斎が千代丸の病を治すつもりだったのでしょう」

竜全は読んだ。

「成る程。ならば明日から又、兵藤内蔵助を見張るか……」

天光は眉をひそめた。

「はい……」

竜全は、冷酷な笑みを浮かべた。

見当違いな真似を……。

楓は苦笑し、覗いていた天井板の小穴から小さな竹筒の水を垂らした。

水は燭台の火に落ちた。

火は小さな音を鳴らし、瞬いて消えた。

座敷は闇に覆われ、天光と竜全は狼狽えた。

楓は消えた。

夜中の大川に船明かりは少なかった。

京之介は千代丸を乗せた猪牙舟を操り、大川を下って三ツ俣《みつまた》から亀島《かめじま》川を抜け、築地《つきじ》や芝口《しばぐち》の掘割を進んで金杉川に出た。そして、金杉川を西に進んで古《ふる》川に入り、三之橋《さんのはし》の船着場に猪牙舟の船縁を寄せた。

三之橋の船着場から三田中寺丁は近い。

京之介は、千代丸を連れて三田中寺丁の聖林寺に進んだ。

聖林寺は夜の闇に包まれていた。

京之介は、聖林寺の裏庭に廻り、千代丸を伴って暗い家作《かさく》に入った。

暗い家作に明かりが灯され、囲炉裏に火が熾《おこ》された。

千代丸の震えは止んでいたが、焦点の定まらぬ虚《うつ》ろな眼をしていた。

京之介は、千代丸の顔や手に付いた血を拭ってやり、着物を着替えさせた。そして、座敷に寝かせ、追手が来ないのを見定めて眠りに就いた。

三

夜が明けた。

左京之介は、朗々と読まれる経で目醒めた。

聖林寺住職浄雲《じょううん》の朝の勤行《ごんぎょう》だった。

京之介は、聖林寺に不審がないと見定めた。

浄雲の朝の勤行は終わった。

千代丸は、死んだように眠り続けていた。

もう暫くは目覚めない……。

京之介は見定め、家作を出て聖林寺の庫裏に向かった。

庫裏では、老住職の浄雲と老寺男の弥平《やへい》が朝餉の仕度をしていた。

「京之介さま……」

老寺男の弥平は、歯のない口元を綻ばせた。

「達者だったか、弥平……」

「はい」

「浄雲さま……」

京之介は、浄雲に挨拶をした。

「京之介、昨夜遅く子供を連れて来たようだな」

浄雲と老寺男は、昨夜遅くに京之介が子供を連れて来たのを知っていた。

「お気付きになられていましたか……」

京之介は苦笑した。

「うむ。年寄りは目敏《めざと》いからな。いろいろ面倒があるようだな」

浄雲は笑った。

「はい……」

「先ずは水を被って血と臭いを流して来るのだな」

「これは無調法《ぶちょうほう》を、申し訳ございませぬ」

京之介は詫び、井戸端に向かった。

三田中寺丁聖林寺老住職の浄雲は、京之介と同じ刀工左文字の流れを汲《く》む者であり、一族の者の打った刀に斬られて死んだ者の供養をするために僧侶になった男だ。

京之介にとっては一族の大叔父のような存在であり、今迄に何度も世話になっていた。

井戸の水は冷たかった。

京之介は、斬り棄てた托鉢坊主の返り血と臭いを消すため、何杯もの水を頭から被った。

飛び散る水飛沫は、朝陽に煌めいた。

京之介は、老住職の浄雲に堀田家の菩提寺『天慶寺』住職の天光と香寿院の拘わり、天光の名刀虎徹入道への執着、香寿院から暇を出されて浪人になった事、病になった千代丸を巡っての暗闘などを話した。

「いろいろと大変だな」

浄雲は、京之介に同情した。

「いいえ。お気の毒なのは、幼い千代丸さまにございます」

京之介は眉をひそめた。

「千代丸君か。愚かな母を持つと、子は要らぬ苦労をする……」

浄雲は、千代丸を哀れんだ。

京之介は、弥平の仕度してくれた千代丸の朝餉を持って家作に戻った。

千代丸は、焦点の定まらぬ眼で朝餉を見るだけで箸を付けようとはしなかった。

「さあ、千代丸さま、一刻も早く御屋敷に戻るため、食べなければなりませせぬぞ」

京之介は、朝餉を食べるように勧めた。

「戻らぬ……」

千代丸は呟いた。

「戻らぬ……」

京之介は戸惑った。

千代丸は、汐崎藩江戸上屋敷に戻らないと云った。

「千代丸さま。戻らぬとは、汐崎藩江戸上屋敷にですか……」

京之介は、戸惑いを浮かべて訊いた。

「そうだ」

千代丸は頷いた。

「何故にございますか……」

京之介は、千代丸に理由を尋ねた。

「余が戻れば、人が、人が真っ赤な血を流して死ぬ……」

千代丸は、今にも泣き出しそうな顔で激しく震えた。

「千代丸さま……」

京之介は、幼い千代丸の心に突き刺さった恐怖の凄まじさを知った。

千代丸は、肩を震わせて涙を零《こぼ》し、声をあげずに泣き始めた。

京之介は見守るしかなかった。

汐崎藩江戸上屋敷は、思いもよらぬ人物の来訪に緊張していた。

「なに、土屋外記《つちやげき》が参り、目通りを願っていると……」

香寿院は、柳眉を逆立てた。

「はい。只今、黒書院でお待ち願っております」

広敷用人の高岡主水は、香寿院に告げた。

「土屋外記、妾に何用があると申すのだ」

香寿院は、苛立ちを滲《にじ》ませた。

「香寿院さま、土屋外記どのとは……」

天光は眉をひそめた。

「水戸藩江戸御留守居役《おるすいやく》にございます」

「水戸藩の御留守居役……」

天光は、緊張を過ぎらせた。

「はい……」

香寿院は頷いた。

「水戸藩は香寿院さまの御実家。御実家の御留守居役と逢わぬ訳には参りませぬぞ」

天光は、厳しい面持ちで告げた。

「おのれ。分かった高岡。土屋に直ぐ参ると申しておけ」

香寿院は、苛立たしげに高岡に命じた。


水戸徳川家は、尾張《おわり》藩や紀伊《きい》藩と並ぶ御三家の一つであり、香寿院の実家だった。そして、水戸徳川家は汐崎藩当主である幼い千代丸の後見役でもあった。

「お待たせしましたな、土屋どの……」

香寿院は松風を従え、土屋外記が待っている黒書院に入った。

黒書院には、水戸藩江戸留守居役の土屋外記と御刀番の神尾兵部がいた。

横手に高岡主水が控えていた。

「香寿院さまには恙《つつが》無《な》くお過ごしの御様子、恐悦至極にございます」

土屋外記は、香寿院に挨拶をした。

「して土屋どの、本日は何用です」

「香寿院さま、聞くところによりますれば、千代丸さまが病に罹《かか》られ、日夜御祈禱されているとか……」

「い、如何にも……」

「御祈禱は何方に……」

「御祈禱は、堀田家菩提寺天慶寺御住職の天光さまにお願い致しております」

「ほう。菩提寺天慶寺の天光どのですか……」

「左様……」

「医師の治療は……」

「い、今は天光さまの御祈禱だけを……」

香寿院は、微かに狼狽えた。

「香寿院さま、何故に御祈禱だけかは存じませぬが、千代丸さまの身に万一の事がありましたら、後見役の水戸藩も御公儀にそれなりに申し開きをしなければなりませぬ」

土屋は、香寿院を厳しく見据えた。

香寿院は、思わず土屋の視線から逃れた。

「それ故、先ずは千代丸さまのお見舞いを致したく参上仕《つかまつ》りました」

「千代丸さまのお見舞い……」

香寿院は狼狽えた。

「左様。これなる水戸藩御刀番の神尾兵部が選んだお見舞いの品も持参致しました」

神尾は、菊尽《きくづくし》金具短刀拵の短刀を三方《さんぼう》に載せて差し出した。

「日向正宗《ひゅうがまさむね》の鎧通《よろいどお》しにございます」

神尾は香寿院に告げた。

「それはそれは……」

「ならば高岡どの、千代丸どのの許に……」

土屋は立ち上がった。

「つ、土屋さま……」

松風は呼び止めた。

「何かな、松風どの……」

土屋は座り直した。

「藤森さまに何かお聞き及びでは……」

松風は、媚《こ》びるように土屋を見詰めた。

「藤森さまとは、水戸藩元大番頭の藤森九郎兵衛どのの事かな」

土屋は苦笑した。

「は、はい。元大番頭……」

松風は戸惑った。

「松風さま、藤森さまは既に御役御免となり、隠居されましたぞ」

神尾は告げた。

「隠居……」

松風は驚いた。

「して、藤森どのが何か……」

「い、いえ……」

松風は狼狽えた。

「松風どの、差し出た真似は寿命を縮めると心得られい」

土屋は、松風を厳しく見据えた。

「はい……」

土屋は、自分が藤森九郎兵衛に通じているのを知っている。

松風は平伏した。

「では高岡どの、千代丸さまの許に……」

土屋は、高岡を促した。

「お待ち下され」

天光が現れた。

「天光さま……」

香寿院は、土屋の前に座った天光に縋る眼差しを向けた。

「御坊が天慶寺住職の天光どのか……」

土屋は、天光に笑顔を向けた。

「如何にも天光にございます。土屋どの、千代丸さまは未だ熱が下がらず眠っておられます。折角のお見舞いですが、この通り、御遠慮願いたい」

天光は両手をつき、土屋を見詰めて頼んだ。

「ならば天光どの、御坊の祈禱で千代丸さまの熱が下がるのはいつですかな。明日か、明後日……」

土屋は、天光を追い込んだ。

「そ、それは……」

天光は狼狽えた。

「ならば明後日……」

土屋は押し切った。

「明後日……」

天光は戸惑った。

「左様……」

土屋は、神尾を一瞥した。

神尾は僅かに頷いた。

「明後日出直し、熱の下がった千代丸さまをお見舞い致す」

土屋は、天光を見据えて告げた。

「承知致しました」

天光は、不服げに頷いた。

「神尾、聞いての通りだ。明後日出直して参ろう」

「はい……」

神尾は頷き、日向正宗の鎧通しを手にした。

「それでは香寿院さま、御無礼致しましたな」

土屋と神尾は、黒書院を後にした。

「あっ、お見送りを……」

高岡は、慌てて土屋と神尾を追った。

「どう致します。天光さま……」

香寿院は、不安を露にして天光に縋った。

「おのれ。誰か竜全を呼べ」

天光は、苛立たしげに配下の坊主に命じた。


土屋外記と神尾兵部は、供侍を従えて汐崎藩江戸上屋敷を出た。

「これで良いのか、神尾……」

土屋は苦笑した。

「はい。忝のうございました。水戸藩が乗り出したとなれば、天光も汐崎藩への傍《ぼう》若無人《じゃくぶじん》な振る舞い、少しは慎むでしょう」

神尾は礼を述べた。

「天光か、小賢《こざか》しい坊主だな」

土屋は、嘲りを滲ませた。

「はい……」

「それにしても香寿院さまの愚かな所業。御公儀に知れれば汐崎藩は元より、後見役の我が水戸藩にもお咎めが及ぶのは必定《ひつじょう》だ。神尾、左京之介とやら、信じて良いのだな」

「はい。それはもう……」

神尾は頷いた。

「よし。何事も明後日だ」

土屋は、神尾と供侍を従えて大名小路を久保丁原に向かった。

天光と香寿院に釘を刺し、水戸藩の禍《わざわい》にならぬようにする……。

水戸藩家臣の神尾が、京之介にしてやれる事は余りない。

精々天光《せいぜい》と香寿院に釘を刺すぐらいだ……。

神尾は、香寿院付き老女の松風と大番頭の藤森九郎兵衛が通じているのを知り、昵懇《じっこん》にしている留守居役の土屋外記に事の次第を報せ、騒ぎを穏便に済ませようとした。

騒ぎが大きくなればなる程、公儀に知れる可能性も大きくなり、後見役の水戸藩の立場は危うくなる。

土屋外記は、神尾の進言を採って果断《かだん》に動いた。江戸家老と相談し、大番頭の藤森九郎兵衛を罷免《ひめん》して隠居させた。そこには、汐崎藩の騒動が公儀に知れた時、水戸藩の大番頭が秘かに絡んでいたとなると、只では済まぬ恐れがあるからだ。

土屋は、藤森九郎兵衛を罷免して後顧《こうこ》の憂いをなくし、汐崎藩江戸上屋敷を訪れたのだ。

「神尾……」

「はっ……」

「始末時かもしれぬな……」

土屋は、眼を細めて云い放った。

「始末時……」

神尾は、土屋の腹の内を読もうとした。

「左様。我が水戸藩を窮地に引き摺り込もうとする者に情けは無用だ」

土屋は、事も無げに云い放った。

神尾は、土屋外記に大名家重臣としての冷徹さを知った。


楓は、芝湊町の庄助長屋に走った。

庄助長屋には、手傷を負った佐助がいた。

「何があったのだ」

楓は、異変を感じ取った。

「うん……」

佐助は、向島の寮で天光の配下に襲われた事を告げた。

「して、京之介さまと千代丸さまは……」

「無事に逃げられ、三田に……」

佐助は、京之介と三田の聖林寺で落ち合う約束だった。

「そうか。して、宗方道斎さまは……」

「怪我をして、知り合いのお医者の処に行った。で、上屋敷で何かあったのかい……」

「うむ。京之介さまに報せて欲しい事がある」

楓は告げた。

祈禱所は、焚かれた護摩木の臭いに満ちていた。

「水戸藩江戸留守居役の土屋外記ですか……」

竜全は眉をひそめた。

「左様。土屋外記、千代丸見舞いを明後日と強引に日切りしおった」

天光は、腹立たしげに告げた。

「明後日……」

竜全は戸惑った。

「そうだ竜全。猶予はない。近習頭の兵藤を責め、一刻も早く千代丸の居場所を突き止めて連れ戻すのだ」

天光は、苛立たしげに命じた。

「連れ戻すのが叶わぬ時は……」

「情けは無用……」

天光は、冷たく云い放った。

「承知致しました。身代わりの小坊主、既に仕度は出来ております」

竜全は、狡猾な笑みを浮かべた。


近習頭の兵藤内蔵助は、配下の者と用部屋に詰めていた。

千代丸が病に罹《かか》り、天光の祈禱を受けるようになってから兵藤たち近習は遠ざけられた。

千代丸の世話は天光配下の坊主が勤め、兵藤たち近習は用部屋に詰めるだけが仕事になった。

何もかも香寿院の命令だった。

香寿院の千代丸の威を借りた命令は、江戸家老の梶原頼母を蟄居させ、御刀番左京之介に暇を与える迄に及んでいる。

汐崎藩江戸上屋敷は、香寿院と天光たちに千代丸と奥御殿を押さえられ、家臣たちは何も知らされずに暮らしているのだ。

兵藤内蔵助は、水戸藩江戸留守居役土屋外記が訪れて以来、香寿院と天光の動きが慌ただしくなったのに気付いた。

香寿院と天光に不都合な事が起こった……。

兵藤は睨んだ。

そろそろ来る……。

兵藤は、天光の配下たちが己を押さえに来るのを読んだ。

敵を翻弄《ほんろう》するのが囮の役目……。

兵藤は、冷笑を浮かべて用部屋を後にした。そして、表御殿を出て表門に向かった。

見張っていた坊主たちは、不意に動いた兵藤に戸惑いながらも慌てて追った。

兵藤は表門を出た。

愛宕下大名小路に行き交う人はいなかった。

兵藤内蔵助は辺りを窺った。そして、芝増上寺御成門《おなりもん》に向かった。

二人の托鉢坊主が、汐崎藩江戸上屋敷の裏から駆け出して来て兵藤を追った。

兵藤は、御成門前から大横丁を抜けて飯倉神明宮の前を進んだ。

二人の托鉢坊主は追った。

兵藤内蔵助……。

庄助長屋から戻って来た楓は、やって来る兵藤に気が付いて物陰に入った。

兵藤が通り過ぎ、二人の托鉢坊主が追って来た。

楓は見定め、兵藤を尾行る二人の托鉢坊主の後ろを取った。

兵藤は何処に行くのだ……。

楓は、兵藤の動きが気になった。


見舞いは明後日……。

京之介は、水戸藩江戸留守居役の土屋外記が千代丸見舞いの日を明後日と日切りしたのを知った。

「明後日か……」

「はい。楓さんがそう報せて来ました」

佐助は、聖林寺に駆け付けて来た。

「とうとう、水戸藩が乗り出して来たか……」

京之介は、神尾兵部の動きが気になった。

「天光と香寿院さま、慌てているでしょうね」

佐助は嗤った。

「うむ……」

「驚きますよ。明後日、千代丸さまがお出ましになると……」

佐助は、土屋たちの見舞いの日に京之介が千代丸を連れて汐崎藩江戸上屋敷に戻ると読んでいた。

「それ迄に天光の悪巧みを、千代丸さまに詳しく教えてあげましょう」

佐助は意気込んだ。

「佐助、そうはいかぬ……」

京之介は、首を横に振った。

「京之介さま……」

佐助は戸惑った。

「佐助、千代丸さまは昨夜の斬り合いを見て我を失われた」

「我を失った……」

「うむ。御自分のために何人もの人が真っ赤な血を流して死ぬ。だから、上屋敷に戻らぬと云い出したのだ」

京之介は眉をひそめた。

四

金杉川に架かる将監橋《しょうげん》を渡ると美濃国《みの》大垣《おおがき》藩江戸中屋敷の横手に出る。

兵藤内蔵助は、大垣藩江戸中屋敷の手前を西に曲り、金杉川沿いの道を進んだ。

二人の托鉢坊主は、兵藤を追った。

楓は続いた。

二人の坊主は、兵藤が千代丸の許に行くと睨んで尾行ている。

楓は読んだ。

兵藤は、二人の坊主が追っているのを気付いているのか……。
楓は追った。
道と金杉川の間には、草木の繁った空地が続いている。
楓は、兵藤を尾行る坊主の一人が道端に黒い小さな物を落としているのに気付いた。
楓は、坊主の一人が落としている黒い小さな物を拾い上げた。
黒い小さな物には丸く、小さな穴が開いていた。
数珠玉……。
楓は、思わず振り返った。
追って来る托鉢坊主やそれらしい者はいない。
数珠玉は、追って来る仲間への道標《みちしるべ》なのだ。
楓は睨み、道標の数珠玉を拾った。
追って来る者は、道標の数珠玉を見失って混乱する筈だ。
楓は、托鉢坊主の落としていく数珠玉を拾いながら続いた。

尾行て来る坊主は二人……。

兵藤内蔵助は、追って来る二人の托鉢坊主に気付いていた。

何処で始末をするか……。

兵藤は、行く手を窺った。

行く手の左には、薩摩国鹿児島《さつまかごしま》藩江戸中屋敷があり、向かい側に金杉川に続く小道があった。

兵藤は決めた。

兵藤は、鹿児島藩江戸中屋敷の前の小道に曲り、その姿は草木の繁みに隠れた。

二人の托鉢坊主は走った。

楓は続いた。

二人の托鉢坊主は、金杉川に続く小道を覗き込んだ。

小道に兵藤の姿は見えず、左右の草木の繁みが微風に僅かに揺れていた。

二人の托鉢坊主は、頷き合って小道に踏み込んだ。

楓は見守った。

二人の托鉢坊主は、金杉川に向かって小道を進んだ。

微風が吹き抜けた。

兵藤は繁みから現れ、二人の托鉢坊主の背後に立った。

二人の托鉢坊主は驚き、振り返った。

「私に用があるようだな」

兵藤は笑い掛けた。

「千代丸は何処にいる」

「知らぬ……」

「惚《とぼ》けるな」

「天光たちは、私を買い被っているようだ」

兵藤は苦笑した。

「ならば一緒に来い」

二人の托鉢坊主は、錫杖の仕込刀《しこみがたな》を抜いた。

刹那、兵藤は踏み込んで抜き打ちの一刀を放った。

托鉢坊主の一人が斬られ、血を振り撒いて仰け反り倒れた。
残る托鉢坊主が、兵藤が体勢を整える間を与えず斬り付けた。
兵藤は、腕を僅かに斬られて怯んだ。
残る托鉢坊主は、思わず怯んだ兵藤に二の太刀を放とうとした。
次の瞬間、鈍い音がした。
托鉢坊主は、仕込刀を翳して凍て付いた。
兵藤は、托鉢坊主の胸に十字手裏剣が突き刺さっているのに気付いた。
托鉢坊主は苦しく呻き、よろめきながら逃げようと背を向けた。
空を切る音が短く鳴り、逃げる托鉢坊主の背に十字手裏剣が突き刺さった。
托鉢坊主は大きく仰け反り、前のめりに倒れ込んだ。
誰だ……。
兵藤は、十字手裏剣が飛来した小道の入口を振り返った。
小道の入口に人影は見えなかった。
忍びの者……。
兵藤は、十字手裏剣で托鉢坊主を倒した者が忍びの者だと知った。だが、忍びの者の知り合いはいない。
千代丸を連れ去った者に拘わる忍びの者……。
兵藤は睨んだ。
汐崎藩に秘められた陰謀は、家臣たちの知らぬ処で激しく蠢《うごめ》いている。
兵藤は、微かな苛立ちを覚えた。

天光たちの眼を引き付けるために、兵藤内蔵助を生かしておく……。
楓は、それが京之介の役に立つと睨んだ。
兵藤は、小道を出て鹿児島藩江戸中屋敷の間の道に進み、三田の方に向かった。
何処に行くのだ……。
楓は、道端に道標の数珠玉を落として兵藤を尾行た。
倒された二人の托鉢坊主の仲間は、必ず数珠玉を見付けて追って来る筈だ。
天光たちを混乱させてやる……。
楓は、狙いを絞って兵藤を追った。

聖林寺の裏庭には風が吹き抜け、木洩れ日が揺れて煌めいていた。

京之介は、家作の座敷の隅に座っている千代丸の許に進んだ。

「千代丸さま、お身体は如何ですか……」

京之介は尋ねた。

「大事無い……」

千代丸は、京之介から眼を逸《そ》らしたまま小声で答えた。

「そうですか……」

千代丸の熱は完全に下がり、肺の腑の病はどうやら治ったようだ。

「ならば、御母上さまのおいでになる上屋敷に戻りますか……」

京之介は、千代丸の反応を窺った。

「嫌だ……」

千代丸は、声を僅かに引き攣らせた。

「上屋敷では御母上さまや梶原さまたち家臣がお待ちですぞ」

京之介は励ました。

千代丸は項垂《うなだ》れた。

「千代丸さま。千代丸さまは駿河国汐崎藩五万石堀田家の主です。江戸上屋敷においでにならなければなりませぬ」

京之介は、千代丸に己の立場を教え、誇りを持たせようとした。

「でも、余が出て行けば、人が死ぬ……」

千代丸は、声を震わせた。

「それは違いますぞ、千代丸さま。千代丸さまが病の治られたお元気なお姿を皆に見せれば、もう人が死ぬ事などございませぬ」

京之介は、千代丸を安心させようとした。

「どうしてだ」

「千代丸さまがお元気ならば、愚かな事を企てる者がいなくなるからです」

「愚かな事とは何だ」

千代丸は戸惑った。

「汐崎藩を盗み、我が物にしようとする企てにございます」

「誰だ。誰がそのような事を……」

千代丸は驚いた。

「天慶寺の天光にございます」

京之介は、厳しい面持ちで告げた。

「天光さま……」

千代丸は眼を瞠った。

「左様……」

「天光さまは、堀田家菩提寺の住職さま。そのような事をするのか……」

千代丸は首を捻った。

「します」

京之介は、千代丸を見据えて頷いた。

「する……」

「左様。この左京之介に暇を出したのも天光にございます」

「でも、あれは母上さまが、余にそう云えと云ったから……」

「千代丸さま、天光は御母上の香寿院さまを誑《たぶら》かし、自在に操っているのです」

「母上さまを……」

「左様。そして、天光は己の言葉を香寿院さまを通じて千代丸さまに囁き、邪魔な家臣を遠ざけて、汐崎藩を支配しようとしているのです」

京之介は、天光の企みを教えた。

「余は、余は母上さまの云う通りにしただけだ……」

千代丸は項垂れた。

「その上、天光は千代丸さまが重い病になったのを良い事に藩医の道斎さまを遠ざけ、効きもしない祈禱を始めたのです」

「天光さまの御祈禱、効かないのか……」

「それは、千代丸さまの病が道斎さまの治療で治ったのをみればお分かりでしょう」

京之介は微笑んだ。

「うん。じゃあ、昨夜、攻めてきた坊主どもは天光の家来か……」

千代丸は、昨夜の凄まじい斬り合いを思い出したのか、恐ろしげに顔を歪めて怯えた。

「はい。天光は千代丸さまを捕らえ、永《なが》の患《わずら》いだと称して閉じ込め、汐崎藩を思いのままにする企てか、それとも……」

京之介は、思わず云い澱《よど》んだ。

それとも、千代丸を殺して替え玉を据える気なのかもしれない。八歳の千代丸の成長は早く、日毎に背は伸びて顔付きも変わり、滅多に逢わぬ者は半年もすれば良く分からなくなる。天光にとって千代丸は生きていようが、死んでしまおうが構わないのだ。香寿院を籠絡し、意のままに操る事が出来れば良いのだ。

それは、怯えている千代丸には云えない事だった。

「それとも、どうした……」

千代丸は不安を浮かべた。

「いえ。何でもございません。何れにしろ千代丸さま。千代丸さまは病も治り、お元気になられたお姿を家中の者に見せなければなりませぬ。お分かりになりますね」

京之介は云い聞かせた。

「京之介……」

千代丸は、今にも泣き出しそうな顔で京之介を見詰めた。

「はい」

「余は怖い、恐ろしい……」

千代丸は、身を竦めて震えた。

「千代丸さま……」

「余は臆病者だ……」

千代丸は己を責めた。責めて小さな肩を震わせ、泣き出した。

八歳の子供が大人の欲望に巻き込まれ、己を臆病者だと責めて泣きじゃくっている。

哀れな……。

京之介は、泣きじゃくる千代丸に掛ける言葉もなく、見守るしかなかった。

庭先の木洩れ日は、激しく揺れて煌めいた。

麻布真徳山『天慶寺』の境内には、参拝客が行き交っていた。

兵藤内蔵助は、門前の茶店で茶を飲みながら天慶寺を眺めていた。

さあて、どうする……。

兵藤は、天慶寺に付け入る隙はないか窺った。

楓は、茶店で茶を飲みながら天慶寺を窺う兵藤を見守った。
兵藤は何をする気だ……。
楓は、兵藤が動くのを待った。
そろそろ追手が来る筈だ……。
楓は、追手が黒い数珠玉を辿って来る気配を探った。
数人の托鉢坊主が、陸奥《むつ》国盛岡《もりおか》藩江戸下屋敷の脇の道から足早にやって来た。
追手だ……。
楓は、茶店にいる兵藤を見た。
兵藤は、茶店を出て天慶寺の境内に向かった。
動いた……。
楓は、兵藤を追った。
兵藤内蔵助は仕掛ける……。
楓は、兵藤の動きにそう感じた。

兵藤は、参拝者が行き交う広い境内を横切り、庫裏に進んだ。

楓は追った。

竜海は、黒い数珠玉を辿って天慶寺に辿り着いた。

竜海と配下の坊主たちは戸惑った。

兵藤内蔵助は、天慶寺に何の用があって来たのか……。

尾行た筈の二人の配下は何処にいる……。

竜海の戸惑いは、焦りに変わった。

「竜海さま……」

配下の托鉢坊主が指示を仰いだ。

「兵藤内蔵助は天慶寺の何処かにいる。とにかく捜せ」

竜海は命じた。

「はっ……」

配下の托鉢坊主たちは、天慶寺の境内に散った。

「おのれ……」

竜海は、何故か不吉な予感を覚えた。

兵藤は、庫裏の裏手に廻った。

庫裏の裏手では、若い坊主や下男たちが井戸端で野菜を洗ったり、竈《かまど》で湯を沸かしたりしていた。

兵藤は、忙しく働いている若い坊主や下男たちの間を平然と進んだ。

若い坊主や下男たちは、戸惑いながらも平然と進む兵藤に会釈をした。

兵藤は頷き返し、竈に焼《く》べられていた薪を抜き取った。

薪の先は炎に包まれ、燃え上がっていた。

兵藤は、燃え盛る薪を翳した。

炎が躍り、火の粉と煙が飛んだ。

何をする……。

楓は戸惑った。

兵藤は、燃える薪を持って方丈に向かった。

「な、何をされます」

若い坊主が驚き、兵藤の前に立ちはだかった。

「退け……」

兵藤は、厳しい面持ちで立ちはだかった若い坊主を一喝《いっかつ》した。

若い坊主は思わず身を退いた。

兵藤は、手にした燃える薪から火の粉を飛ばして方丈に進んだ。

若い坊主や下男たちは騒《ざわ》めいた。


方丈には座敷が連なっていた。

兵藤は、庭伝いに方丈に進んだ。

燃え盛る薪から火の粉と煙が散った。

「何だ、おぬしは……」

居合わせた坊主が咎めた。

「騒ぐな」

兵藤は、坊主に笑い掛けて方丈の座敷に燃える薪を投げ込んだ。

「何をする」

坊主は仰天した。

投げ込まれた薪は、座敷に転がって火の粉を散らした。

「か、火事……」

坊主は、慌てて叫ぼうとした。

兵藤は、叫ぼうとする坊主に素早く身を寄せて当て落とした。

薪の火は、座敷の畳や障子に燃え広がり始めた。

思い切った真似を……。

楓は驚いた。

兵藤は、汐崎藩江戸上屋敷にいる住職の天光を天慶寺に引き戻すために火を放ったのだ。

火事を出すのは天下の大罪……。

天慶寺が火事になれば住職の天光や別当の竜全は罪を免れず、公儀の厳しい咎めが下されるのは必定だ。

汐崎藩に拘わっている場合ではなくなる。

兵藤は、それを狙って天慶寺の方丈に火を放ったのだ。

窮余《きゅうよ》の一策……。
楓は読んだ。
火は燃え上がった。
「火事だ……」
坊主たちが、煙に気が付いて駆け付けて来た。
兵藤は苦笑し、身を翻した。
楓は兵藤を追った。

火事騒ぎは広まった。
坊主たちは血相を変えて方丈に走り、参拝客たちは騒めいた。
小火《ぼや》で充分。天光を上屋敷から引き離す事が出来れば……。
兵藤内蔵助は境内の片隅に潜み、方丈から僅かに昇る煙を眺めた。
楓は、兵藤内蔵助の汐崎藩への忠義と覚悟を知った。

第四章　陰謀始末

一

真徳山『天慶寺』の火事は、方丈の座敷と廊下を焼いただけで消し止められた。

別当の竜全は、汐崎藩江戸上屋敷にいる天光の許に駆け付けた。

「おのれ……」

天光は、湧き上がる怒りを抑えた。

「して、火を放ったのは近習頭の兵藤内蔵助なのか……」

「おそらく……」

竜全は頷いた。

「見張りはどうしたのだ」

「それが、二人とも行方知れずに……」

「行方知れず……」

天光は眉をひそめた。

「兵藤の仕業か……」

「きっと……」

「それにしても何故の付け火だ」

「天光さまを天慶寺に呼び戻す小細工ではないかと存じます」

竜全は睨んだ。

「成る程、そういう魂胆《こんたん》か……」

「見張りの始末、方丈への付け火、何れも我らが公儀に報せぬと読んでの仕業……」

「それは、汐崎藩の者どもが公儀のお咎めを恐れ、我らが事や千代丸失踪を届け出ぬのと同じだ」

天光は苦笑した。

「如何にも。して、天慶寺にお戻りになられますか……」

竜全は、天光の出方を訊いた。

「敵の企てと知って乗る者はおるまい」

天光は嘲笑った。

「ならば、このまま……」

「うむ。して、兵藤内蔵助は如何しておる」

「上屋敷に戻らず、何処に行ったかは……」

「分からぬか……」

「はい」

「ならば竜全、明日、千代丸の身代わりの小坊主を秘かに連れて参れ」

天光は、狡猾な笑みを浮かべて命じた。


囲炉裏の火は燃え上がった。

「近習頭の兵藤内蔵助か……」

京之介は微笑んだ。

「ええ。天慶寺に乗り込んで火を付けるなんて良い度胸ですよ」

楓は苦笑した。

「うむ。面白い男だな」

「そりゃあもう。でも、剣の腕は今一つですがね」

「誰にでも得手不得手はある。して、兵藤は今何処に……」

「さすがに上屋敷には戻らず、広尾《ひろお》の汐崎藩江戸中屋敷に行きましたよ」

「中屋敷か……」

京之介は、中屋敷の留守居頭《るすいがしら》の奥村惣一郎《おくむらそういちろう》を思い出した。

奥村なら詳しい詮索をせず、兵藤を中屋敷に泊める筈だ。

「で、千代丸さまは……」

楓は、障子の閉められている座敷を示した。

「うむ。佐助が一緒だ」

「お殿さまといっても未だ八つの子供、心細いんでしょうね」

楓は眉をひそめた。

「うむ……」

囲炉裏で燃える火が爆《は》ぜ、壁に映っている京之介と楓の影を揺らした。

月は蒼白く裏庭を照らしていた。

千代丸は、縁側に座って蒼白い月を見上げていた。

「千代丸さま、そろそろお休みになられては如何でしょうか……」

佐助は、遠慮がちに告げた。

「うん……」

千代丸は、淋しげに頷いた。

「では……」

「佐助……」

「はい」

「佐助の母上は何処にいる」

千代丸は、意外な質問をした。

「おっ母さんですか……」

「おっ母さん……」

千代丸は戸惑った。

「はい。母上の事です」

「そうか。佐助のおっ母さん、何処にいる」

「さあ。何処にいるのか……」

「知らないのか……」

「はい……」

「どうしてだ」

「千代丸さま、私は千代丸さまより幼い時に口減らしで人買いに売られましてね」

佐助は、己の昔を語り始めた。

「人買いに売られた……」

「はい。二親《ふたおや》に。きっと物凄く貧乏だったんでしょうね……」

佐助は、淋しげな笑みを浮かべた。

「売られてどうしたの……」

「人買いから旅廻りの軽業《かるわざ》の一座にまた売られました」

「軽業って……」

「御存知ありませんか……」

「うん……」

「じゃあ……」

佐助は、庭に降りて跳《と》んだり跳《は》ねたり、宙返りをして見せた。

「うわあ、凄い……」

「こんな芸をするのが軽業です」

佐助は笑った。

「それでどうしたの……」

「軽業一座の親方が厳しくて乱暴で。私は殴られたり蹴られたりするのは嫌になり、一座から逃げ出しました。そして、いろんな処でいろんな事をして……」

「いろんな事……」

「はい。庄屋さまの使いっ走り、お店の手伝い、万引きや置引きなんかの悪い事も。そして、軽業一座の親方に捕まって殺されそうになった時、大旦那さまの嘉門《かもん》さまにお助けいただいたんです」

「嘉門さま……」

「はい。京之介さまのお父上さまです」

「そうか……」

「それ以来、私は左家に引き取られて嘉門さまと亡くなられた奥さまに育てられ、京之介さまにいろんな事を教わって大人になったのです」

「じゃあ、売られてから母上には逢っていないのか……」

「はい。もう何年になりますか、おっ母さんの顔も名前も忘れましたし、とっくに死んでいるかもしれません」

佐助は苦笑した。

「淋しくないのか……」

「千代丸さま、私は嘉門さまや京之介さまを信じていますし、嘉門さまや京之介さまも私を信じてくれています。信じてくれる人がいれば淋しくなんてありません」

佐助は微笑んだ。

「淋しくないのか……」

「はい……」

佐助は頷いた。

「いいな、佐助は……」

千代丸は、羨《うらや》ましげに呟いた。

戌の刻五つ（午後八時）の鐘が、境内から鳴り響いた。

「さあ、弥平さんが五つの鐘を打ち始めました。もう、お休み下さい」

佐助は、座敷に敷かれた蒲団を示した。

「佐助、一緒に寝よう」

「畏れ多い事を。千代丸さま、佐助は傍に付いております。ゆっくりお眠り下さい」

「うん……」

千代丸は、座敷にあがり蒲団に入った。

佐助は枕元に座り、有明行燈の火を小さくした。

水戸藩江戸留守居役土屋外記が、千代丸を見舞いに来るのは明日……。

真徳山天慶寺別当の竜全は、天光の新しい僧服や道具を長持《ながもち》に入れて汐崎藩江戸上屋敷にやって来た。

天光は、竜全と長持を祈禱所に招き入れた。

「竜全……」

天光は、長持を見詰めた。

「はっ……」

竜全は、長持の蓋《ふた》を取った。

長持の中には天光の僧服があり、その下に千代丸と同じ年格好の男の子が入っていた。

「出なさい……」

竜全は、寝間着を着た男の子に長持から出るように命じた。

男の子は、長持から出て天光の前に座った。

「そなたは何者だ……」

天光は尋ねた。

「堀田千代丸……」

男の子に躊躇いはなかった。

「お父上さまの名は……」

「堀田宗憲さまだ。でも、去年お亡くなりになった」

「母上の名は……」

「お香の方、香寿院さま……」

男の子は、天光に淀《よど》みなく答えた。

「して、お加減は……」

「うん。天光さまの御祈禱のお陰で熱は下がった。最早、憂いはない」

「それは重畳《ちょうじょう》……」

天光は嗤った。

「如何でございますか……」

「うむ。香寿院や御側近くにいた者はともかく、水戸藩の土屋外記たちが薄暗い寝所で逢えば替え玉だと気付くまい」

天光は、満足そうに頷いた。

「天光さま、心配なのは香寿院さま。替え玉に驚き、取り乱したりはしないでしょうな」

「案ずるな竜全。香寿院は私の言いなり、その身体に篤《とく》と言い含めて置く……」

天光は、蔑みと侮りに満ちた笑みを浮かべた。


木々の枝は揺れ、木洩れ日は煌めいた。

千代丸は、家作の縁側に腰掛けて木洩れ日を眩しげに見上げていた。

「千代丸さま……」

京之介が縁側に来た。

「何だ……」

千代丸は、恥じるように京之介から視線を逸らした。

「上屋敷に戻られる気になりましたか……」

京之介は尋ねた。

「京之介……」

「はい」

「佐助は、子供の時、母上たちに人買いに売られたのか」

「お聞きになりましたか……」

京之介は、佐助が滅多に喋らない身の上話をしたのを知った。

「うん……」

「佐助は幼い時に父や母と別れ、一人で懸命に生きて来たのです」

「強いんだな、佐助は……」

千代丸は感心した。

「いいえ。強いのではなく、腹一杯飯を食べたくて無我夢中だったのでしょう」

京之介は、佐助を哀れんだ。

「京之介は佐助を信じているのか……」

千代丸は、思わぬ事を尋ねた。

「佐助をですか……」

「そうだ。信じているのか……」

「はい。佐助は幼い時から左家で一緒に育った弟のような者。信じるも信じないも、助け合って生きていかなければなりませぬ」

「そうか……」

千代丸は、京之介と佐助の絆の深さに羨ましさを覚えた。

「千代丸さま、江戸家老の梶原さまを始めとした家中の者は皆、千代丸さまを信じております」

「余を信じておる……」

千代丸は戸惑った。

「はい。家中の者は、前の殿の宗憲さまがお亡くなりになり、跡を継がれた千代丸さまが幼いながらも懸命に御勤めになられているのを存じております。家中の者は皆、そうした千代丸さまを信じております」

京之介は告げた。

「まこと、余を信じているのか……」

千代丸は疑った。

「左様にございます。家中の者は、主君堀田千代丸さまを命を懸けて信じております」

「命を懸けて……」

千代丸は困惑した。

「はい。武士とは己を知る者を信じ、命を懸けて闘います。そして、信じられた武士も命懸けで働くのです」

「京之介、子供の余を信じる者など、家中にいはしない」

千代丸の困惑は、己を否定した。

「いいえ、おります。江戸家老の梶原頼母さま、近習頭の兵藤内蔵助どの、そして此の左京之介を始めとした家中の者ども。皆、千代丸さまを信じておりますぞ」

京之介は、千代丸を見据えて励ますように告げた。

「まことか……」

「はい……」

「でも京之介。余は臆病者だ」

「臆病者……」

「そうだ。斬り合いが恐ろしい臆病者だ」

千代丸は、腹立たしげに怒鳴った。

「千代丸さま、私も幼き頃は、斬り合いは勿論、刀の輝きも恐ろしかったものです」

京之介は笑った。

「じゃあ……」

「立派な臆病者でした」

「臆病者。本当か京之介……」

千代丸は、京之介に疑いの眼を向けた。

「はい……」

「でも、今は違う」

「千代丸さま……」

「大人になると臆病者でなくなるのか……」

千代丸は、縋るような眼差しで尋ねた。

「千代丸さま、志を持ち、心に牙を秘め、信じる者のために命を懸けて闘う覚悟のある者こそが武士《もののふ》、武士にございます」

「じゃあ、信じればいいのか、信じれば武士になれて、臆病者でなくなるのか……」

「はい。千代丸さまは、我ら家中の者を信じれば宜しいのです」

京之介は、千代丸を見据えて告げた。

「余は梶原の爺《じ》いや京之介を信じれば良いのか、信じれば臆病者でなくなるのか……」

千代丸は念を押した。

「はい。己を棄てて信じれば、必ずや臆病者ではなくなります」

京之介は微笑んだ。

「分かった。余は梶原の爺いや京之介を信じる。信じて臆病者でなくなる」

千代丸は云い放った。

「それでこそ堀田家御当主の千代丸さまにございます。ならば明日、江戸上屋敷にお戻り下さい」

「うむ。京之介も一緒だな」

「千代丸さま、私はお暇を取らされた素浪人、お供は叶いませぬ」

京之介は告げた。

「構わぬ。暇を取らせたのは取り消す。上屋敷に戻る供を命じる」

「ははっ。心得ました」

京之介は平伏した。

千代丸は立ち直った。

京之介は、千代丸を伴って汐崎藩江戸中屋敷に向かった。

佐助は、京之介と千代丸を尾行る者を警戒しながら距離を取って続いた。

渋谷《しぶや》川は、緑の田畑の間を緩やかに流れていた。

左京之介は、渋谷川近くの広尾にある汐崎藩江戸中屋敷に千代丸を伴った。

どうやら、尾行る者はいなかった。

佐助は見届け、汐崎藩江戸中屋敷の表門脇の潜り戸に駆け寄った。

汐崎藩江戸中屋敷留守居頭の奥村惣一郎は、京之介が千代丸を伴って来たのに驚いた。

「ち、千代丸さま……」

「奥村、達者で何より……」

「畏れいります」

奥村は平伏した。

「奥村どの、近習頭の兵藤内蔵助どのを呼んでいただきたい」

京之介は告げた。

「兵藤どのですか……」

奥村は、兵藤から口止めされているらしく戸惑った。

「左様。昨日から此処にいるのは承知しています」

「は、はい。ならば暫くお待ち下さい」

奥村は、慌てて御座之間を出て行った。

僅かな刻が過ぎ、近習頭の兵藤内蔵助がやって来た。

「千代丸さま……」

兵藤は、戸惑ったように千代丸を見詰めた。

「心配を掛けたな内蔵助、余の行方を眩《くら》ますための囮役。苦労を掛けたな」

千代丸は、京之介から兵藤の働きを聞いていた。

「過分なお言葉、畏れいります。して、病の方は……」

兵藤は千代丸に平伏し、病を心配した。

京之介は微笑んだ。

二

「うん。道斎先生のお陰で熱も下がり、どうにか治った」

「それは重畳。おめでとうございます」

兵藤は喜んだ。

「うん……」

千代丸は、嬉しげに頷いた。

「して、左どの、千代丸さまを秘かに上屋敷から連れ出したのは……」

兵藤は、京之介に厳しい視線を向けた。

「如何にも。天光の祈禱で病の熱が下がる筈もなく、私と手の者の仕業です」

「そうでしたか……」

兵藤は頷いた。

「そして、天光どもの疑いを近習頭の兵藤どのに向けた次第。お許し下され」

京之介は詫びた。

「ならば、私が溜池の馬場で托鉢坊主共に襲われた時、助勢してくれたのは……」

兵藤は、京之介を見詰めた。

「せめてもの詫びの印……」

京之介は微笑んだ。

「やはり。ならば昨日の忍びも……」

「私の知り合いです」

京之介は頷いた。

「いろいろ忝のうござった。近習頭としてお役に立てず、何もかも御刀番のおぬしに……」

兵藤は、京之介に頭を下げた。

「兵藤どの、千代丸さま近習頭としての働きはこれからです」

「左どの……」

「明日の水戸藩江戸留守居役の土屋外記どのの千代丸さまお見舞い。近習頭として捌《さば》いていただきます」

「捌く……」

兵藤は眉をひそめた。

「左様。天慶寺住職の天光の奸計《かんけい》。土屋外記どのが見舞いに来る前に我が汐崎藩から一掃しなければなりませぬ」

京之介は、兵藤を見据えて告げた。

「如何にも。して、手立ては……」

兵藤は、身を乗り出した。

「手立ては、これから千代丸さまと共に……」

京之介は、千代丸に会釈をした。

「うん。余も手立てを考えるぞ」

千代丸は、頬を紅潮させて頷いた。

「成る程……」

兵藤は微笑んだ。

「奥村どの、おぬしにも働いて貰いますぞ」

京之介は、控えていた奥村に笑い掛けた。

「せ、拙者も……」

奥村は戸惑った。

「奥村、よしなに頼むぞ」

千代丸は、奥村に言葉を掛けた。

「ははっ……」

奥村は平伏した。

これで良い……。

京之介は、千代丸の賢さに安堵した。


夕暮れ時の陽差しは、神田川の流れに柔らかく映えていた。

京之介は、小石川御門前の水戸藩江戸上屋敷を訪れ、御刀番神尾兵部を呼び出した。

神尾は直ぐに現れた。

「突然の訪問、お許し下さい」

京之介は詫びた。

「そのような事より、汐崎藩は大丈夫なのですか……」

神尾は心配した。

「御心配をお掛け致しています。汐崎藩は大丈夫です」

京之介は微笑んだ。

「それならば良いが……」

「して明日、御留守居役の土屋外記どのの我が殿へのお見舞いですが、何分にも上屋敷には塵芥《ちりあくた》が散らかっておりましてな。先ずは掃除を致しますので、未《ひつじ》の刻八つ(午後二時)過ぎにお出《い》で願えませぬか……」

京之介は、神尾を見据えて頼んだ。

「ほう。上屋敷の掃除ですか……」

神尾は、掃除の意味を読んで苦笑した。

「左様。上屋敷に散らかっている塵芥、後見役である水戸藩の御留守居役土屋どのにお見せ致しては、千載《せんざい》に禍根《かこん》を残すと我が主千代丸さまが仰っておりましてな」

「千代丸さまが……」

神尾は、京之介を見詰めた。

「如何にも……」

京之介は、笑みを浮かべて頷いた。

水戸藩にこれ以上の醜態《しゅうたい》を見せ、汐崎藩の弱味を握らせてはならない……。

京之介は願っていた。

「承知した。土屋さまのお見舞い、未の刻八つ過ぎに致しましょう」

神尾は、京之介の腹の内が良く分かった。

「お聞き届け願えますか……」

「如何にも。ならば、掃除が無事に終えられた頃、上屋敷に御伺い致しますぞ」

神尾は笑った。

「忝い……」

京之介は、神尾に深々と頭を下げた。

「ところで左どの、虎徹入道は如何致します」

神尾は、柔和な笑みを消した。

「虎徹入道、生臭坊主には勿体ない名刀。寄進した汐崎藩としては、早々に引き取らせていただきます」

京之介は、不敵な笑みを浮かべた。

黄昏《たそがれ》は神田川を覆い始めた。

夜が明けた。

千代丸は、朝餉に佐助の作った雑炊を食べ、近習頭の兵藤内蔵助を従えて中屋敷の式台《しきだい》に立った。

玄関先には御《お》忍《しのび》駕籠が用意され、京之介と奥村惣一郎たち中屋敷詰めの家臣たちが控えていた。

「御一同。千代丸さま、これより上屋敷にお戻りになられる」

兵藤は告げた。

「ははっ……」

京之介と奥村たちは頷いた。

「皆の者、余は皆を信じておる。皆も余を信じてくれ。余は力の限りを尽くす」

千代丸は、頰を赤く染めて云い放った。

奥村たち中屋敷詰めの家臣たちは、千代丸の言葉に奮《ふる》い立った。

「京之介さま……」

佐助は喜んだ。

「うん。佐助、お前のお陰だ」

京之介は笑った。

「えっ……」

佐助は戸惑った。

千代丸の行列は、奥村惣一郎と中屋敷詰めの家臣たちで作られ、駕籠脇には近習頭の兵藤内蔵助が付き、京之介と佐助は殿《しんがり》を務めた。

千代丸一行は、渋谷広尾の汐崎藩江戸中屋敷を発ち、愛宕下大名小路汐崎藩江戸上屋敷に向かった。


愛宕下汐崎藩江戸上屋敷は表門を閉めていた。

奥村は、江戸上屋敷に先触れして表門を開けるように命じた。

上屋敷の者たちは戸惑い、表門を開けるのを躊躇った。

藩主千代丸は、上屋敷内で病に伏せっている筈なのだ。

奥村は声を励ました。

「我が殿のお戻りに異《い》を唱える者は、この中屋敷留守居頭の奥村惣一郎が許さぬ。早々に表門を開けい」

奥村は、刀の柄を握り締めた。

表門の番士たちは驚き、慌てて表門を開けた。

千代丸一行は、表門を潜って上屋敷内に入った。

家中の者たちは玄関先に駆け付けた。

千代丸は、駕籠を降りて家中の者たちの前に立った。

家中の者たちは跪《ひざまず》いた。

「皆の者、心配掛けたな。済まぬ」

千代丸は詫びた。

家中の者たちは平伏した。

「佐助、ならば梶原さまにこの書状を……」

京之介は、佐助に書状を差し出した。

「はい」

佐助は、書状を受け取って梶原頼母の屋敷に走った。

書状は、蟄居を解く、直ぐに御座之間に伺候《しこう》しろと云う千代丸の書いたものだった。

「ならば兵藤どの、手筈通りに……」

京之介は告げた。

「うむ。ならば千代丸さま、御座之間に……」

兵藤は、千代丸を誘い、集まった配下の近習たちを従えて表御殿の御座之間に向かった。

「じゃあ、奥村どの……」

「うむ……」

京之介は、奥村と共に中屋敷詰めの家臣を率いて奥御殿の庭に進んだ。

奥御殿の庭には、香寿院の暮らす離れ家と祈禱所がある。

京之介と奥村たち中屋敷の家臣たちは、離れ家と祈禱所を見張って天光たちの動きを封じようとした。

「奥庭に入ってはならぬ」

天光配下の坊主たちが、六尺棒を構えて行く手を遮った。

「退け、邪魔立てするな」

京之介は、霞左文字を抜き打ちに放った。

霞左文字は閃光となり、六尺棒を二つに斬り飛ばした。

坊主たちは怯んだ。

奥村たち中屋敷の家臣たちが、怯んだ坊主たちを捕らえた。

「牢に叩き込め」

奥村は、中間《ちゅうげん》や番士に命じた。

捕らえられた坊主たちは、番士や中間に乱暴に引き立てられて行った。

「左さま……」

京之介配下の御刀番佐川真一郎たち上屋敷の家臣が駆け付けて来た。

「真一郎、上屋敷を天光から取り戻す。裏を固めろ」

「心得ました」

真一郎は、他の家臣たちと奥御殿の裏に走った。

天光と竜全を捕らえる……。

京之介は、香寿院の離れ家と祈禱所を厳しい面持ちで見詰めた。

千代丸は、表御殿の御座之間に落ち着いた。

兵藤は、配下の近習たちに御座之間の周囲を固めさせ、下段の間に控えた。

京之介と奥村たちは、既に奥庭を制圧している筈だ。

「千代丸さま……」

江戸家老の梶原頼母は、老顔を歪ませて御座之間に入って来た。

「爺い、心配掛けたな。この通り、病は治ったぞ」

千代丸は笑った。

「千代丸さま、祝着至極にございます」

梶原は、老いの眼を潤ませた。

「爺い。未の刻八つには水戸藩江戸留守居役の土屋外記が見舞いに参る。それ迄に掃除だ」

千代丸は告げた。

「掃除……」

梶原は戸惑った。

「うん。そして、水戸藩江戸留守居役土屋外記の見舞いを迎える仕度をするのだ」

千代丸は、楽しそうに命じた。

「心得ました」

梶原は頷いた。

御立派になられた……。

梶原は、千代丸の変貌に戸惑い、感激した。

何もかも京之介の働き……。

梶原は、千代丸変貌の裏に京之介が潜んでいるのに気付いた。

「ち、千代丸さま、千代丸さまには……」

広敷用人の高岡主水が現れ、千代丸に挨拶をしようとした。

「挨拶無用……」

千代丸は遮った。

高岡は戸惑った。

「高岡、余の病は治った。よって天光の祈禱は既に無用。早々に捕らえて祈禱所を取り壊せ」

　千代丸は命じた。

「と、捕らえる。ですが……」

　高岡は狼狽えた。

「黙れ高岡……」

　千代丸は一喝した。

「ははっ……」

　高岡は平伏した。

「余の病は、藩医宗方道斎の手厚い治療で治ったのだ」

　千代丸は云い放った。

「高岡どの、おぬし、それを天光の祈禱で治ったと申されるのか……」

　兵藤は、厳しい面持ちで高岡に迫った。

「ち、違う。それは違う。拙者は……」

　高岡は慌てた。

「問答無用。申し開きは事が終わってからだ。皆の者、高岡どのを押し込める」

兵藤は、配下の近習に命じた。

近習たちは、高岡を捕り押さえて刀を奪って連行した。

「千代丸さま、この爺いが天光に千代丸さまの御下知《ごげじ》に大人しく従うよう伝えて来ましょう」

梶原は、己の最後の働き場所を見付けた。

「爺い……」

「お任せ下さい」

「うん。頼むぞ」

千代丸は昂ぶり、その顔を上気させていた。


「おのれ、千代丸……」

天光は、満面に怒りを浮かべた。

「千代丸の入った表御殿の御座之間は、兵藤たち近習の者が固め、奥庭は左たちが取り囲んでおります」

竜全は報せた。

「左京之介か……。竜全、水戸藩の土屋外記は未だ見舞いに来ぬのか」

「はい……」

「何をしているのだ……」

天光は、京之介が土屋外記の見舞いを未の刻八つにしたのを知らず、汐崎藩の揉め事を見せて混乱させようと企てたのだ。だが、企てが叶うとは思えなかった。

「最早、これ迄か……」

天光は苛立った。

「左様かと存じます。後は如何に上屋敷を無事に出るかです」

竜全は眉をひそめた。

「とにかく天慶寺に引き上げるのだ。手立てはないのか……」

天光は、焦りを滲ませた。

「一つだけございます」

竜全は、薄笑いを浮かべた。

「何だ。どのような手立てだ」

天光は身を乗り出した。

「天光さま、竜全さま……」

坊主が駆け付けて来た。

「何用だ」

「江戸家老の梶原頼母さまがお見えになりました」

「何、どうする竜全……」

天光は狼狽えた。

「逢うしかございますまい」

竜全は、天光に梶原と逢うことを勧めた。


「梶原さま……」

京之介は、家臣を従えて離れ家を訪れた梶原に近付いた。

「おお、左、此度は御苦労だった。千代丸さまの変わりよう、確《しか》と見せて貰った。礼を申すぞ」

梶原は、京之介に頭を下げた。

「いいえ。何事も千代丸さまの家中の者を信じる賢さによるものにございます」

「家中の者を信じる賢さか……」

「如何にも。して、梶原さまは何を……」

京之介は眉をひそめた。

「うむ。天光と竜全に千代丸さまの御下知に従うよう、勧めに来た」

「ならば、私がお供致しましょう」

京之介は微笑んだ。

離れ家から坊主が現れ、梶原を招いた。

京之介は、梶原と共に離れ家に入った。


「おぬし、真命堂の目利き……」

天光は、京之介を見て戸惑った。

「如何にも、当家御刀番左京之介……」

「御刀番の左京之介だと……」

天光は驚いた。

「ほう。蟄居を命じられた梶原さまと暇を取らされた左どのが何用ですかな」

竜全は、狡猾な眼を光らせた。

「心配は無用。私は蟄居を解かれ、左は帰参を許された」

「そのような事、妾は聞いておりませぬぞ」

香寿院が怒りを浮かべ、老女の松風を従えて出て来た。

「これは香寿院さま……」

梶原と京之介は手をついた。

「何事も千代丸さまの御下知にございます」

「謀《たばか》るな。千代丸が妾に相談なしでそのような事を決める筈はない」

香寿院は苛立った。

「香寿院さま、千代丸さまは香寿院さまの御子ではありますが、汐崎藩の藩主にございます。藩主としての決断には、御母堂さまとて口出しは出来ませぬぞ」

京之介は、不敵な笑みを浮かべて云い放った。

三

「お、おのれ、無礼な……」

香寿院は、京之介の言葉に激怒した。

「さあ、天光どの、竜全どの、同道していただきますぞ」

梶原は、香寿院を無視して天光と竜全に告げた。

次の瞬間、竜全が墨染《すみぞめ》の衣の下から懐剣を抜いて香寿院に突き付けた。

「な、何をする……」

香寿院は驚いた。

しまった……。

京之介は眉をひそめた。

「梶原どの、天光さまと拙僧を無事に上屋敷から出さなければ、香寿院さまのお命はありませんぞ」

竜全は嘲笑を浮かべ、香寿院を抱きかかえて喉元に懐剣を突き付けた。

香寿院は仰け反り、肉付きの良い喉元を引き攣らせた。

「おのれ、竜全……」

梶原は、怒りに震えた。

「退け。道を開けろ」

竜全は、梶原と京之介に怒鳴った。

「梶原さま……」

京之介は、脇差の柄を握って怒りに震える梶原を制した。

「ひ、左……」

「今は千代丸さまの御母堂、香寿院さまのお命が大切……」

京之介は、梶原を見据えて囁いた。

「う、うむ……」

梶原は、京之介に何か策があると読んで身を引いた。

「ならば竜全、天光と上屋敷を出るのに手出しはすまい。その代わり、香寿院さまを返していただこう」

京之介は告げた。

「よし。皆の者、天光さまを……」

竜全は、配下の坊主に告げた。

配下の坊主たちが現れ、錫杖に仕込んだ直刀を抜いて天光の周囲を固めた。

「参りますぞ、天光さま……」

「うむ」

天光は頷いた。

「香寿院さま、一緒に来ていただきますぞ」

竜全は、冷笑を浮かべて香寿院の喉元に懐剣を突き付けて押した。

香寿院は、喉を鳴らして仰け反り、竜全に押されて進んだ。

天光と坊主たちが続いた。

京之介と梶原は追った。


離れ家の戸が開いた。

竜全が、香寿院の喉元に懐剣を突き付けて出て来た。

「香寿院さま……」

奥村惣一郎たちは驚いた。

奥庭に潜んでいた坊主たちは、香寿院に懐剣を突き付ける竜全に駆け寄った。

天光は、坊主たちに護られて出て来た。

「おのれ……」

奥村たちは熱《いき》り立ち、家臣たちが行く手を塞ごうとした。

「邪魔するな。我らの邪魔をすれば香寿院の命はない」

竜全は怒鳴った。

「黙れ……」

奥村は怒鳴り返し、家臣たちは迫った。

「控えろ。皆の者……」

梶原が京之介と共に現れ、奥村たち家臣を制した。

「香寿院さまのお命が懸かっているのだ。此処は退いてくれ」

梶原は、悔しげに告げた。

奥村たち家臣は退いた。

香寿院を連れた竜全と天光は、配下の坊主たちに護られて奥庭を出た。

京之介は、梶原や奥村たち家臣と追った。
奥庭を出た天光たちは、香寿院を引き摺りながら足早に裏門に進んだ。
京之介は追った。
香寿院を助けるなら上屋敷内で……。
江戸上屋敷を出ての争いになれば、事は公儀の知る処となる。
京之介は、微かな焦りを覚えた。
竜全は、香寿院に懐剣を突き付けて裏門の番士に門を開けるように命じた。
刹那、飛来した十字手裏剣が竜全の懐剣を握る腕に突き刺さった。
竜全は、懐剣を落として仰け反った。
香寿院はその場に崩れ落ちた。
楓……。
京之介は地を蹴った。
天光は、配下の坊主たちに護られて裏門を出た。
残る坊主たちが、腕から血を流している竜全を連れ出そうとした。

「殺せ。香寿院を殺せ」

竜全は喚いた。

配下の坊主の一人が、倒れている香寿院を刺し殺そうとした。

刹那、駆け寄った京之介は、刺し殺そうとした坊主を抜き打ちに斬り棄てた。

一緒にいた坊主たちは、四方から京之介に斬り掛かった。

京之介は、倒れている香寿院を足元に庇い、斬り掛かる坊主に霞左文字を真っ向から斬り付けた。

坊主は額を斬り割られ、血を飛ばして仰け反り倒れた。

京之介は、襲い掛かる坊主たちを一太刀で次々と斬り倒した。

悲鳴があがり、血が飛び散った。

左霞流兜《かぶと》斬りの太刀……。

まるで据物を斬るかのように一太刀で敵を斬り倒す技だ。

「裏門を閉めろ」

梶原が嗄れ声で叫んだ。

奥村たち家臣が駆け付け、裏門を閉めて残る坊主たちに襲い掛かった。

京之介は、倒れている香寿院を助け起こして梶原に預けた。

天光と竜全は、配下の坊主たちに護られて逃げ去っていた。

「左どの、追いますか……」

奥村は、指示を仰いだ。

「奥村どの、それより屋敷内に潜む坊主がもういないか見定めて下さい」

「心得た」

奥村は、家臣たちと屋敷内の捜索を始めた。

「梶原さま、香寿院さまを千代丸さまの許にお連れ下さい」

「うむ……」

梶原は頷き、香寿院を促して表御殿の御座之間に向かった。

京之介は辺りを窺った。

楓の気配は窺えなかった。

天光と竜全を追った……。

京之介は、楓の動きを読んだ。

「佐助……」

「はい……」

控えていた佐助が、京之介に駆け寄った。

「楓が追っている筈だが、おそらく麻布の天慶寺だ」

「見届けて来ます」

佐助は、京之介に一礼して走り去った。

これで良い……。

天光と竜全は、麻布の真徳山天慶寺で斬り棄てる。

京之介は冷笑を浮かべた。

増上寺が午《うま》の刻九つ（正午）の鐘を鳴らし始めた。

水戸藩江戸留守居役土屋外記が、千代丸の見舞いに来る迄、あと一刻だ。それ迄に上屋敷の掃除を終わらせなければならない。

京之介は、千代丸のいる表御殿の御座之間に急いだ。


表御殿の御座之間には、香寿院のすすり泣きが洩れていた。

香寿院は千代丸の前で泣き伏し、梶原と兵藤が見守っていた。

京之介は、兵藤の隣に控えた。

兵藤は、京之介に眉をひそめて見せた。

京之介は頷き、千代丸と香寿院を見守った。

「お願いです、千代丸どの。母を、母を許して下され」

香寿院は、泣いて許しを願った。

千代丸は、許しを願う香寿院をじっと見詰めていた。

所詮は八歳の子供であり、母親との絆は他人の窺い知れるものではない。

千代丸は、騒動の元となった香寿院を許すのかどうか……。

八歳の子供に出来る判断なのか……。

京之介、梶原、兵藤は見守った。

「分かりました母上。後刻、皆と相談して沙汰を下します。それ迄、離れ家での蟄居を命じます」

千代丸は、落ち着いた口調で告げた。

「千代丸どの……」

香寿院は、今迄とは違う千代丸の態度に戸惑った。

「兵藤、母上を離れ家にお連れしてくれ」

「はっ。香寿院さま……」

兵藤は、香寿院を促した。

香寿院は立ち上がり、兵藤に伴われて御座之間から出て行った。

千代丸は、香寿院を哀しげに見送った。

「千代丸さま……」

梶原は膝を進ませた。

「何だ、爺い……」

「見事なお裁きです」

梶原は誉めた。

「千代丸さま、水戸藩江戸留守居役の土屋外記さまがお見舞いに来る迄、後一刻もありませぬ。さあ、仕度を致しましょう」

京之介は、千代丸を励ました。


麻布真徳山天慶寺の境内には、僅かな参詣人がいた。

天光と竜全は、配下の坊主たちに護られて帰り着いた。

「汐崎藩の者共が攻め込んで来れぬよう、参詣人を追い出して山門を閉め、護りを固めろ」

天光は、坊主たちに命じた。

坊主たちは、返事をして動こうとした。

「ならぬ……」

竜全は、血の滲む手拭を巻いた利き腕を広げて止めた。

坊主たちは戸惑った。

「山門は開けたままで参詣人を出来るだけ多くするのだ」

竜全は命じた。

「何故だ、竜全。何のつもりだ」

天光は声を荒げた。

「天光さま、参詣人を追い出して門を閉めれば、中で何があっても分かりませぬ。門を開け放し、参詣人が大勢いれば、汐崎藩の者どもも容易に攻め込んでは来れませぬ」

竜全は、狡猾に笑った。

「そうか、そうだな。よし、ならば参詣人どもに甘酒と団子でも振る舞い、近所の者も呼んで来るのだ」

天光は命じ、方丈に向かった。

「はい……」

変える時は躊躇わず、効果的に大きく変える……。

竜全は、天光の大胆不敵さに苦笑し、坊主たちに指示をした。

坊主たちは忙しく散った。

楓は、石灯籠の陰から見守った。


時は過ぎた。

汐崎藩江戸上屋敷に天光配下の坊主はいなく、奥御殿の寝所に替え玉の小坊主だけが残されていた。

小坊主は、恐怖に震えていた。

利用された哀れな小坊主……。

梶原頼母は、小坊主を落ち着かせて家臣に見張らせた。

水戸藩江戸留守居役土屋外記が見舞いに訪れる時は近付いた。

土屋を迎える仕度は、梶原の采配で着々と整っていった。

一刻はあっと云う間に過ぎた。

増上寺の鐘が未の刻八つを告げた。

約束の刻限だ。


水戸藩江戸留守居役土屋外記は、御刀番の神尾兵部たちを伴って汐崎藩江戸上屋敷を訪れた。

近習頭の兵藤内蔵助が出迎えた。そして、式台には京之介と奥村が控えていた。

京之介は、神尾に目顔《めがお》で礼を述べた。

事は成った……。

神尾は知り、微笑みを浮かべて頷いた。

兵藤は、土屋と神尾を表御殿の御座之間に誘った。

「ほう。表御殿の御座之間とは、千代丸君は既に病を……」

「はい。御快復になられました。どうぞ……」

「うむ……」

土屋と神尾は、御座之間に入った。

「これは土屋どの、暫くでござった」

御座之間には、梶原頼母が老顔を綻ばしていた。

「おお、梶原どの。私こそ御無沙汰致しております」

土屋は、梶原に挨拶をした。

「いやいや。本日は我が殿へのお見舞い、忝のうございます」

「いえ。千代丸さまは我が水戸徳川家当主の御孫さま、お見舞いが遅くなり、申し訳ございませぬ」

「何の、詫びるのはこちらです。して、そちらは……」

梶原は、神尾に笑い掛けた。

「水戸藩御刀番神尾兵部にございます」

「おお、おぬしが神尾どのか、お噂は左京之介に聞いております。私は当汐崎藩江戸家老の梶原頼母にござる」

梶原は、神尾に挨拶をした。

「畏れいります」

神尾は頭を下げた。

「殿のお出ましです」

兵藤が入って来て控えた。

梶原、土屋、神尾は平伏した。

千代丸は、小姓《こしょう》の片岡《かたおか》純《じゅん》之助《のすけ》を従えて上段の間に現れた。

「皆の者、面をあげい……」

千代丸は、明るい声で告げた。

梶原、土屋、神尾は顔をあげた。

「土屋外記、わざわざの見舞い、礼を申すぞ」

「畏れいります。千代丸さまには病からの御快復、祝着至極にございます」

土屋は、微笑みながら祝いの言葉を述べた。

「うん。心配を掛けたようだな。千代丸はこの通りだ」

千代丸は、声を弾ませた。

「それはそれは、千代丸さま、我が殿からのお見舞いの品にございます。神尾……」

「はっ……」

神尾は、三方に載せた短刀を差し出した。

「日向正宗の鎧通しにございます」

神尾は告げた。

兵藤は、三方に載せられた日向正宗の鎧通しを千代丸の許に運んだ。

「日向正宗の鎧通しか……」

千代丸は、眼を輝かせて三方に載せられた日向正宗の鎧通しを見詰めた。

「はい。希代の業物。御当家御刀番左京之介どのにその拵えと謂われをお聞きになると宜しいかと存じます」

神尾は微笑んだ。

「うん。土屋、水戸さまに大切にするとお伝えしてくれ」

「確と心得ました」

土屋は頷いた。

「それから土屋、水戸家に頼みがある」

千代丸は、厳しい面持ちになった。

梶原と兵藤は戸惑った。

「ほう。水戸家に頼みとは、何でございましょう」

土屋は、その眼を微かに光らせた。

「うん。出来るものなら、母上さま、香寿院さまを暫く水戸家で預かっては貰えぬか……」

「ち、千代丸さま……」

梶原と兵藤は驚いた。

「ほう。香寿院さまを水戸家に……」

土屋は、千代丸を見据えた。

「左様。水戸家は母上さまの御実家。汐崎藩が落ち着く迄の間……」

千代丸は、土屋を正面から見詰めて頼んだ。

「そ、それは、我が殿の御意向次第にございますが……」

「うん。水戸さまに頼んでくれ。ではな……」

千代丸は云い放ち、座を立った。

小姓の片岡は、三方に載せた日向正宗の鎧通しを持って続いた。

梶原、兵藤、土屋、神尾は平伏して千代丸を見送った。


御座之間の御入側には京之介が待っていた。

「京之介、これで良いのか……」

千代丸は、悪戯《いたずら》の後のように声を潜めた。

「上出来にございます。これで水戸藩は此度の一件を我が藩の弱味として利用する事はありますまい」

京之介は、千代丸を誉めて労った。

騒動の元になった香寿院は水戸徳川家の娘、この一件を汐崎藩の弱味とするなら道連れにすると臭わせたのだ。

残るは天光と竜全、虎徹入道の始末……。

京之介は、不敵な笑みを浮かべた。

麻布真徳山『天慶寺』の境内は、甘酒と団子を振る舞われた参詣人や近所の者で賑わっていた。

四

楓は、団子を食べながら天慶寺の様子を窺っていた。

甘酒を手にした佐助が、何気ない様子で楓に並んだ。

「何の騒ぎですか……」

佐助は眉をひそめた。

「汐崎藩の逆襲を恐れ、参詣人や近在の者を集めて盾《たて》にしているのだ」

「悪知恵には事欠かない奴らだ」

佐助は呆れた。

「ああ……」

楓は苦笑した。

天慶寺の境内は、参詣人や近所の者の賑やかな笑い声で溢れていた。

水戸藩江戸留守居役の土屋外記と御刀番の神尾兵部は、千代丸の見舞いを終えて汐崎藩江戸上屋敷を後にした。

「香寿院さまを引き取れとはな……」

土屋は、厳しさを滲ませた。

「梶原さまと兵藤どのも驚いておりましたな」

神尾は、梶原と兵藤の反応を見逃さずにいた。

「そうか。此度の騒動を汐崎藩の弱味とすれば、香寿院さまと実家の水戸徳川家も無傷では済まぬか……」

土屋は、香寿院預かりに秘められたものを読んだ。

「おそらく……」

神尾は頷いた。

「八歳の子供の考えとは思えぬな」

土屋は苦笑した。

苦笑には、大名家重臣の余裕と微かな侮りが窺えた。

「はい……」
神尾は頷いた。
左京之介……。
神尾は、千代丸の背後に左京之介がいるのに気付いていた。
何れにしろ此度の騒動は、水戸藩にとって下手に触れられぬものなのだ。
左京之介にしてやられた……。
神尾は苦笑した。

真徳山天慶寺境内の賑わいは、夕暮れ時になっても続いていた。
楓と佐助は、天光と竜全の動きを見張り続けた。
天光と竜全は、方丈に入ったまま動きはなかった。
動くとしたら夜……。
佐助と楓は睨んだ。
「どうだ……」
左京之介は、塗笠を目深に被ってやって来た。

佐助と楓は、天光と竜全の動きと境内の賑わいを告げた。

「下手な小細工をしおって。あの賑わい、多くの敵を防ぐ盾にはなっても、僅かな敵には恰好の目眩《めくら》まし……」

京之介は、境内の賑わいを眺めて苦笑した。

「この騒ぎも夜には終わるだろう」

楓は読んだ。

「うむ。楓、天光と竜全はその間に姿を消すかもしれぬ。見張りを頼む」

「承知……」

楓は、境内の賑わいに紛れ込んでいった。

京之介は見送った。

「京之介さま、土屋さまのお見舞いは……」

佐助は心配した。

「安心しろ佐助。千代丸さまは無事に乗り越えられた」

「良かった……」

佐助は喜んだ。

方丈の天井裏は、埃が重なり蜘蛛の巣が張っていた。

楓は、梁の上を進んで一室の上に忍んだ。そして、天井板を僅かに動かして座敷を覗いた。

座敷には行燈が灯され、一人いた天光が静かに刀を抜いた。

虎徹入道……。

楓は、天光の抜いた刀を虎徹入道だと睨んだ。

虎徹入道は、行燈の明りを受けて鈍色に輝いた。

「見事だ……」

天光は、虎徹入道の鈍色の輝きに魅入られていた。

「天光さま……」

竜全が背後に現れた。

「うむ……」

天光は、虎徹入道を鞘に納めた。

「境内の賑わい、そろそろ終わりにします。お仕度を……」

「うむ……」

「ならば、賑わいから帰る者と共に……」

天光と竜全は、集まった参詣人や近所の者に紛れ込んで天慶寺から脱け出すつもりなのだ。

「うむ。行き先は駿河の総本山。持って行く物はこの虎徹入道だけだ」

天光は、竜全に虎徹入道を見せた。

「結構ですな。では……」

竜全は、天光の座敷から出て行った。

天光は、竜全と配下の坊主を従えて天慶寺を脱け出し、駿河の総本山に逃げ込もうとしていた。

そして、名を変えて熱《ほとぼり》を冷まし、再び江戸に帰って来る……。

天光は嗤った。

篝火《かがりび》は燃え盛り、火の粉が夜空に舞い上がった。

真徳山天慶寺の境内は、参詣人や近所の者たちで賑わい続けていた。

燃える篝火の傍には、見張りの坊主たちが佇んでいた。そして、境内を始めとした敷地内には数人の坊主たちが組になって見廻りをしていた。

京之介は、佐助と共に境内の賑わいに紛れ込んでいた。

楓がやって来た。

「天光と竜全、駿河の総本山に逃げ込む魂胆だ」

楓は嗤った。

「おのれ。して、天光は何処にいる」

「方丈の奥にある自分の座敷に……」

「竜全は……」

「配下の坊主と式台近くにある別当の用部屋にいる」

「配下の坊主は何人だ」

「二人……」

楓は報せた。

別当の竜全は、天光よりも慎重で油断のならない男だ。

始末は別当の竜全から……。

京之介は決めた。

「よし。駿河の総本山に逃げ込ませはせぬ」

「じゃあ……」

「うむ……」

京之介は、賑わいに紛れて方丈に近付いた。

方丈の戸口には、篝火が焚かれて見張りの坊主たちがいた。

「楓、方丈の裏は……」

「見張りはいないが、見廻りの坊主たちが四半刻毎に来る」

「よし、方丈の裏に廻る」

京之介は囁いた。

「心得ました」

佐助は頷いた。

「行くぞ」

京之介は、暗がり伝《づた》いに方丈の裏に走った。

佐助と楓が続いた。

方丈の裏には、境内の騒めきが僅かに聞こえていた。

見廻りの坊主たちは、方丈の裏を通り過ぎて行った。

京之介は、佐助や楓と共に方丈の裏の雨戸に身を寄せた。そして、雨戸を抉《こ》じ開けようとした。

「私がやる……」

楓は、問外《といかき》を出して雨戸の猿《さる》を外し、音も立てずに開けた。

雨戸は廊下の角にあり、常夜灯の灯された廊下が鉤《かぎ》の手に続いていた。

「竜全の用部屋は真っ直ぐだな……」

「うん。突きあたりの右手だ」

楓は、真っ直ぐの廊下の先を見詰めながら頷いた。

「天光の座敷は左か……」

京之介は、鉤の手の廊下の左手を眉をひそめて透かし見た。

「うん。廊下を左に進んだ奥だ」

楓の示した左手の廊下の奥には、障子越しの仄《ほの》かな明かりが滲んでいた。

「よし。竜全から片付ける。もし、天光に報せに行く者がいれば、頼む」

京之介は、楓と佐助に頼んだ。

「承知……」

楓と佐助は頷いた。

京之介は塗笠を目深に被り直し、廊下にあがって真っ直ぐに進み始めた。

薄暗い廊下は僅かに軋《きし》んだ。

京之介は、足音を忍ばせて進み、明かりの洩れている別当の用部屋を窺った。

「竜全さま、そろそろ出立《しゅったつ》しますか」

坊主の声が、別当の用部屋の障子越しに聞こえた。

「ならば、境内の者どもを帰せ」

竜全の声がした。

「はっ。では……」

障子に立ち上がる坊主の影が映った。

京之介は身構えた。

坊主の影は、障子に近付いた。

刹那、京之介は霞左文字を抜いて障子越しに坊主の影に突き刺した。

障子を開けようとした坊主は、短い声をあげて凍て付いた。

「どうした」

残る坊主が怪訝な声で訊いた。

京之介は、霞左文字を引き抜いた。

刺された坊主は、腹から血を流して仰向けに倒れた。

残る坊主は驚いた。

障子が開けられ、京之介が踏み込んで来た。

「お、お前は……」

残る坊主は、狼狽えながらも刀を抜いた。

京之介は、霞左文字を横薙ぎに一閃した。

残る坊主は、胸元を横一文字に斬られて用部屋の隅に倒れた。

竜全は、刀を握って立ち上がった。

「お前は左……」

竜全は、塗笠の下の京之介に気が付いた。

「如何にも。境内の賑わいに乗じて脱け出す小細工、これ迄だ」

京之介は、竜全を見据えて冷たく笑った。

「黙れ……」

竜全は、抜き打ちに京之介に斬り付けた。

京之介は素早く躱した。

竜全は、反転して鋭い二の太刀を放った。

京之介は斬り結んだ。

竜全は元武士だけあり、なかなかの剣の遣い手だった。

情け容赦は要らぬ……。

京之介は、竜全の斬り込みを躱して霞左文字を閃かせた。

霞左文字は、竜全の刀を握る腕を斬った。

竜全の腕から血が飛び、刀が落ちた。

南無阿弥陀仏……。

京之介は、霞左文字を下段から斜に斬り上げた。

鴨居や天井のある狭い屋内での斬り合いに、上段は禁物だ。

霞左文字は、竜全の腹から胸を斜に斬った。

「お、おのれ、左京之介……」

竜全は、顔を醜く歪めて絶命した。

京之介は、血に濡れた霞左文字に拭いを掛けて鞘に納めた。

残るは天光……。

京之介は、血の臭いの漂う別当の用部屋を出た。

常夜灯の明かりは、長い廊下を仄かに照らしていた。

京之介は、障子越しに明かりの洩れている天光の座敷に忍び寄った。

障子が開けられた。

「竜全、そろそろ出立するか……」

托鉢坊主の姿になった天光は、障子に背を向けて脚絆《きゃはん》を巻いていた。

「うむ。冥土《めいど》の旅にな……」

京之介は嗤った。

天光は、愕然《がくぜん》として振り返った。

「呼ぶな……」

京之介は、霞左文字の柄を握って抜き打ちの構えを取った。

天光は凍て付いた。

「人を呼べば、お前の首が飛ぶ……」

京之介は囁いた。

「お、おのれ……」

天光は、嗄れ声を震わせた。

「天光、香寿院さまを誑かし、汐崎藩を食い物にしようとしたのは明白。その報いを受けてもらう……」

京之介は、天光を冷たく見据えた。

「黙れ、私は食い物にしたのではない。香寿院が勝手に私に擦り寄って来たのだ。

私は香寿院の願いを聞き届け、寄進を受けた迄だ。悪いのは香寿院だ。香寿院が……」

天光は、香寿院に対する蔑みと侮りを過ぎらせ、開き直った。

「黙れ、天光……」

京之介は遮った。

天光は、喉を鳴らした。

「香寿院さまの罪、その方が言い募る筋合いではない……」

京之介は、僅かに腰を沈めた。

天光は、恐怖に駆られて脇差を抜き、京之介に斬り付けた。

南無阿弥陀仏……。

京之介は、霞左文字を閃かせた。

霞左文字は、閃光となって天光の首を斬り飛ばした。

斬り飛ばされた天光の首は、血を振り撒いて天井に当たり、畳の上に転がった。

残った胴体は、前のめりに倒れて血を流した。

京之介は、血塗《ちまみ》れで転がっている天光の首を冷たく一瞥した。

天光の首は醜かった。

京之介は、床の間に置いてあった刀袋に入った刀を手にした。そして、中に入っていた刀を抜き払った。

刀は濡れたような輝きを放った。

京之介は、刀を見詰めた。

刃長は二尺四寸、鎬造り、庵棟、元幅一寸強、先幅七分強、反りは五分。鍛えは板目肌、刃文は互の目……。

京之介は刀を読んだ。

京之介は、刀を虎徹入道と見定めた。

虎徹入道……。

虎徹入道は妖しく輝いた。


駿河国汐崎藩五万石藩主堀田千代丸は、帰参を許した左京之介を納戸方御刀番に復帰させた。

水戸藩は、香寿院を預かるのを正式に断って来た。

千代丸は、八歳の子供として秘かに安堵した。そして、江戸家老の梶原頼母、近習頭の兵藤内蔵助、高岡主水に代わって新たに広敷用人になった奥村惣一郎たちと相談し、香寿院と老女松風に永蟄居《えいちっきょ》を命じた。

永蟄居とは、終身蟄居で解除される事のない武家の刑罰だ。

香寿院は、残る生涯を離れ家だけで暮らすのだ。


麻布真徳山『天慶寺』は、住職天光と別当竜全の死を秘匿した。そこには、天光の女癖の悪さを知る総本山の意向があった。

総本山は天光と竜全の死を隠し、新たな住職と別当を天慶寺に急ぎ派遣した。

残っていた竜全配下の坊主たちは、いつの間にか消え去った。

真徳山天慶寺は静かな寺に戻った。


汐崎藩江戸上屋敷は落ち着きを取り戻し、静けさに覆われていた。

御刀番左京之介は、長い廊下を進んで江戸家老梶原頼母の用部屋を訪れた。

「お呼びにございますか……」

「おお、来たか。入ってくれ」

梶原は、老顔に笑みを浮かべて京之介を迎えた。

「して御用は……」

「左、江戸留守居役の役目に就かぬか……」

「留守居役……」

京之介は戸惑った。

「左様……」

梶原は、京之介を見詰めて頷いた。

汐崎藩江戸留守居役は、かつて村山仁兵衛《むらやまにへえ》という者が勤めていた。しかし、ある事件で水戸藩に内通し、京之介に斬り棄てられていた。そして、次に留守居役に就いた者は凡庸《ぼんよう》であり、今度の騒動にも役に立たなかった。

梶原は、その者を御役御免にして京之介に代えようとしているのだ。

「どうだ、左……」

梶原は、身を乗り出した。

「梶原さま、私は御刀番で結構です」

「荷が重いだと……」

京之介は苦笑した。

「梶原さま。私に公儀や諸藩の方々と談合する江戸留守居役は荷が重すぎます」

梶原は戸惑った。

「左……」


「はい。無理です」

「しかし左、これは千代丸さまも得心《とくしん》されている事だし、汐崎藩を護るには……」

梶原は、老顔を震わせて京之介を説得しようとした。

「梶原さま……」

京之介は遮った。

「何だ……」

「汐崎藩を護るには、裏も必要です」

京之介は、梶原を見据えて告げた。

「裏……」

梶原は眉をひそめた。

「如何にも。江戸家老の梶原さまや近習頭の兵藤どのたちは表……」

「左、おぬしは裏だと申すのか……」

「はい……」

京之介は、事も無げに頷いた。

汐崎藩を裏から護る……。

それは、表沙汰に出来ない事を秘密裏に始末する役目と云える。

「まこと、それで良いのか……」

「左京之介は御刀番にございます」

京之介は微笑んだ。


御刀蔵には霊気が漂っている。

京之介は、新たに虎徹入道を御刀蔵に納めた。

虎徹入道を加えた御刀蔵は、冷たい霊気に満ち溢れた。

京之介は用部屋に座り、静かに霞左文字を抜き払った。

霞左文字……。

刃長は二尺三寸、身幅は一寸半のやや広め、反りは僅かで刃文は直刃調に小乱れ、沸は美しく冴え渡っていた。

京之介は、霞左文字の刀身を見詰めた。

刀身には己の顔が映っていた。

まるで、霞左文字の刀身に入ったようだ……。

京之介は、霞左文字の漂わせる妖しい霊気に浸った。

光文社文庫

文庫書下ろし／長編時代小説

虎《こ》徹《てつ》入《にゅう》道《どう》　御刀番《おかたなばん》 左《ひだり》京《きょう》之《の》介《すけ》(四)

著 者　藤《ふじ》 井《い》 邦《くに》 夫《お》

2016年5月20日　初版1刷発行

発行者　鈴 木 広 和
印 刷　萩 原 印 刷
製 本　ナショナル製本

発行所　株式会社 光 文 社
〒112-8011　東京都文京区音羽1-16-6
電話 (03)5395-8149　編 集 部
8116　書籍販売部
8125　業 務 部

落丁本・乱丁本は業務部にご連絡くだされば、お取替えいたします。

ISBN978-4-334-77298-7　Printed in Japan

組版　萩原印刷

お願い　光文社文庫をお読みになって、いかがでございましたか。「読後の感想」を編集部あてに、ぜひお送りください。
このほか光文社文庫では、どんな本をお読みになりましたか。これから、どういう本をご希望ですか。どの本も、誤植がないようつとめていますが、もしお気づきの点がございましたら、お教えください。ご職業、ご年齢などもお書きそえいただければ幸いです。当社の規定により本来の目的以外に使用せず、大切に扱わせていただきます。

光文社文庫編集部